KB261578

쿠시나가르의 밤

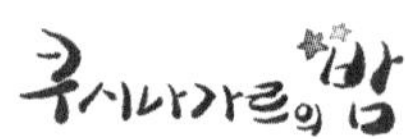

김승국 지음

1판 1쇄 발행 | 2011. 7. 21

발행처 | **Human & Books**
발행인 | 하응백
출판등록 | 2002년 6월 5일 제2002-113호
서울특별시 종로구 경운동 88 수운회관 1009호
기획 홍보부 | 02-6327-3535, 편집부 | 02-6327-3537, 팩시밀리 | 02-6327-5353
이메일 | hbooks@empal.com

값은 뒤표지에 있습니다.

ISBN 978-89-6078-123-8 03810

詩想集

쿠시나가르의 밤

김승국 | 지음

Human & Books

큰 희망을 주는 『쿠시나가르의 밤』

관허(觀虛) 김승국 선생의 시상집(詩想集) 『쿠시나가르의 밤』은 그 제목부터가 많은 것을 시사하고 있다. "쿠시나가르"란 석가모니 부처님의 열반지로 널리 알려져 있다. 그러나 쿠시나가르의 참뜻을 시상집으로 엮는다는 것은 쉬운 일이 아니다. 왜냐면 열반에 이르는 과정은 멀고도 험한 길이다. 이러한 길을 관허 선생은 그 세계를 70여 편의 시로 축약하여 표상하고 있음은 놀라운 일이다. 왜냐하면 쿠시나가르가 지닌 역사적 배경과 종교적 배경을 본 시상집에서 잘 살려내고 있기 때문이다.

열반(涅槃)의 일반적 의미는 이생에서 삶을 마감하고 입멸(入滅)하는 것으로 알려져 있다. 그러나 그 참뜻은 "지혜의 완성"을 이룬 것을 뜻한다. 욕망에 가득 찬 번뇌 망상이, 열반에 들게 됨으로써 영원불멸의 지혜를 우리들에게 안겨주기 때문이다. 『쿠시나가르의 밤』은 아직 번뇌의 세계에 머물고 있지만 그 밤은 광명의 세계를 잉태하고 있다는 데서 우리들에게 큰 희망을 안겨 준다.

관허 선생은 현실적인 삶 속에서 절망을 극복하고 순수의 꽃을 피워 내고자 시를 쓴다고 한다. 만약 그와 같은 시를 『쿠시나가르의 밤』에 담고 있다고 한다면 그것은 불교에서 말하는 고집멸도(苦集滅道)의 사성제(四聖諦)를 실천해 나가는 구도자의 길에서 성도(聖道)의 빛을 감지하고 있는 것이라 할 수 있다.

한편 그는 시상집 안에 현실적인 삶 속에서 결백한 시세계를 구축해 나가고자 하는 단상이 담긴 에세이 40여 편을 담아 자신의 시세계가 무엇을 지향하고 있는가를 잘 일러주고 있다. 이들은 모두가 인간적인 갈등, 고뇌, 슬픔, 기쁨을 다룬 이야기이지만 그가 의도하는 바는 소통이 단절된 삭막한 오늘의 사회현상에서 소통과 원융의 세계를 갈구하는 깊은 고뇌가, 결국엔 희망을 찾을 수 있는 길을 열어줄 것이라는 메시지를 전하고 있다. 그것은 자신이 살아온 인생역정에서 많은 고뇌를 하고, 그 고뇌는 밝은 빛을 발하는 원천이 되고 있다는 데서 더욱 값진 빛을 발한다.

관허 김승국 선생과 본인과의 인연은 1999년 '서울국악예술고등학교'에서 교장과 교감이란 직분으로 맺어지게 된다. 그리하여 그를 통찰하고 직무를 수행하는 과정 속에서 그의 영혼은 나의 정신세계에 깊이 자리 잡게 되었다.

당시 교장으로 취임한 나는 학교의 전통성과 정체성을 확립하여 특성화 된 학교로 발전시켜 나가는 일에 매진하고 있었다. 그때 그는 그와 같은 나의 뜻을 가장 먼저 감지하고 동고동락하면서 학교발전에 대한 예리한 의견과 기동성 있는 추진력을 발휘하여 교육자로서 학자로서의 자질을 축적해 나가고 있었다. 그것이 원천이 되어 오늘날의 김승국 선생은 문화재청 문화재전문위원으로서의 직분을 다하여 전통예술에 크나큰 족적을 남긴 박헌봉, 박귀희, 지영희 선생 등에 대한 업적을 조사 분석하여 전통예술의 원형보존과 계승발전을 도모하고 있다는 것은 우연한 일이 아니다.

그와 같은 그의 인생역정은 어느새 전통예술을 불교와 접목시켜 인식하고 있음에서 그의 영혼은 더욱 해맑아지고 있음을 본다. 『쿠시나가르의 밤』은 그를 단적으로 일러주고 있는 것이 아닌가.

김승국 선생과는 동국대학교 문화예술대학원에서 사제의 관계도 맺게 되었다. 이러한 일련의 일을 돌이켜 생각해 보면 일찍부터 우리의 인연이 끈질기게 이어져 오고 있었던 것이라 믿어진다.

미혹과 집착을 끊고 새로운 희망을 탄생시키고자 하는 그의 시세계에 더욱 부처님의 자비광명이 빛나고, 그로 인한 맑은 영혼이 못 다한 그의 뜻을 활짝 피워 나가기를 기원 드리는 바이다.

-홍윤식(동국대학교 명예교수)

당신에게만은 내 마음을 보여주고 싶습니다

오래전 읽었던 송기원 선생의 『아름다운 얼굴』이란 소설이 기억납니다. 주인공 '나'는 사생아라는 존재의 부끄러움과 자기혐오 때문에 흐린 삼십 촉짜리 전구 아래서 유년 시절의 사진을 모두 없애던 중 국민학교, 중학교 졸업사진에 해맑게 웃고 있는 동무들의 모습을 차마 찢을 수 없어, 자신의 얼굴만 날카로운 면도날로 지우고 말았다는 처절한 자기고백을 가감 없이 소설 속에 담아냅니다. 그래서 소설을 읽으며 그 면도날이 내 얼굴과 가슴을 가르는 것 같은 서늘한 기분에 등골이 오싹했던 기억이 아직도 선연합니다.

10년 만에 네번째 책을 준비하기 위해 서랍 속에, 혹은 컴퓨터 하드디스크 속에 보관되어 있던 시와 산문들을 다시 꺼내며, 아주 오랜만에 부끄럽다는 기분을 느낍니다. 하루하루의 일상 속에서 다양한 일을 하고, 여러 사람을 만나면서도 잘 느끼지 않던, 아니 의식적으로 느끼지 않으려 애쓰던 부끄러움이란 감정이, 지난 시절의 자기 고백에 담겨있었기 때문입니다. 그래서 소설을 읽으며 느꼈던 서늘한 기분 때문에 몇 번이고 꺼냈던 원고들을 다시 서랍 깊숙한 곳으로 밀어 넣곤 했습니다.

시(詩)는 어차피 시인의 일상이 투영될 수밖에 없는 것인데, 세번째 시집을 내고, 또 한 권의 시집을 묶을 만한 분량의 시를 쓰는 동안 제 생활은 참 많은 굴곡이 있었습니다. 학생들을 가르치던 평교사에서 학교 행정을 총괄해야 하는 교감으로 지위가 바뀌기도 했고, 많은 동료교사, 재학생, 학부모, 동문들이 그토록 염원했던 학교 국립화의 실무 책임을 맡아 학교의 국립화도 이루어 냈습니다. 또 평생 잊지 못할 아픔을 겪으며 생각보다 빨리 교단을 떠나야 했던 것도 모두 지난 10년 동안에 벌어졌던 일입니다. 그렇게 갑자기 학교에서 던져져 사회에 나오니 현실은 제 이상(理想)과 많이 달라 여러 번 좌절과 아픔을 겪기도 했고 깊은 고독과 외로움에 빠진 것도 여러 번입니다.

저를 조금이라도 아끼는 분들은 이런 제 고백을 쉽게 수긍하지 못할 겁니다. 그도 그럴 것이 저는 제가 의도했건, 의도하지 않았던 간에 참 많은 직함을 걸머지고 살았습니다.

그리고 하나의 직함이 생길 때마다 그 직함에 부끄럽지 않고, 제게 직함을 맡긴 조직이나 단체가 저로 인해 조금이라도 발전할 수 있도록 그 본분을 다하기 위해 참 치열하게 살았고, 그렇게 보이도록 노력했습니다. 하지만 사람들에게 둘러싸여 있다가 홀로 집으로 돌아오는 길에, 혹은 가만히 서재에 앉아 있다 보면 어쩔 수 없이 부끄럽고 헛헛한 기분이 들어 한참을 멍하니 앉아 있던 것이 한두 번이 아닙니다.

이 책에 담긴 시와 산문들은 대부분 그런 부끄럽고 헛헛한 기분에 사로잡혔을 때의 기록들이고, 이 책에 실린 상당수 저작(著作)들은 평생 혼자만 간직해야겠다고 다짐했던 내용들입니다. 하지만 하늘의 뜻을 안다는 지천명(知天命)을 넘어 이순(耳順)이 다가오니 그런 이야기조차 세상에 꺼내놓을 수 있는 용기 아닌 용기가 생깁니다. 사회인 김승국은 말이나 행동을 모두 조심하려 남의 시선을 신경 써야 했지만, 시인(詩人) 김승국은 부끄럽고 추한 모습일지라도 이 책을 펴시는 분들을 위해 기꺼이 제 마음을 보여드리는 것이 당연한 도리라는 생각도 들었습니다. 어쩌면 그게 이 책을 세상에 내놓은 참 의미일지도 모릅니다.

시 뒤에 붙은 짤막한 글과 5부에 묶은 산문은 제 삶의 흔적으로서 제가 운영하는 다음 카페 〈조용한 숲속의 벤치〉

일기장 편에 적어놓은 내용들을 추린 내용입니다. 혹여 시간
이 나시어 이곳을 방문하시면 제 글을 읽으며 부족하나마
제 일상을 엿보실 수 있을 겁니다. 마지막으로 이 시집의 출
판을 쾌히 허락해주신 문학평론가 Human&Books 하응백
대표님과 표지화를 제공해 주신 서양화가 박지민 선생께도
진심으로 감사와 존경의 인사를 드립니다.

−2011년 김승국 드림

목차

추천사 / 큰 희망을 주는 『쿠시나가르의 밤』 -홍윤식   4

저자 서문 / 당신에게만은 내 마음을 보여주고 싶습니다   8

1부 | 쿠시나가르의 밤

쿠시나가르의 밤   21

울란바토르에서   23

청향(淸香)   25

공옥진   26

다시 가 본 싸리재   28

안양천 거북이   29

원   30

청동어(靑銅漁)   32

겨울목련   34

유홍초   35

해연(海戀) 37

별을 바라보며 38

공간 40

일어서는 밤 41

고봉산 연가 44

우리의 만남 45

2부 | 사랑의 시

내 온몸 흠뻑 젖는데 49

기산모곡(岐山募曲) 50

사랑의 시 52

비를 바라보는 풀잎 54

출구 56

5월의 신작로 58

풍란 59

꿩의 바람꽃 61

나무닭기 62

산 63

산행 65

숨은 소리 66

빙폭 68

연꽃 마음 70

가시 하나 72

교무회의 74

교실 76

3부 | 하루의 책갈피

밤에 피어나는 장미의 순간 81

하루의 책갈피 82

빈터의 흔적 83

자유공원 84

만리동 고갯길 86

촉수를 거두고 88

서울 90

북한강변에서 92

들꽃 94

민들레 95

가을 민들레 97

찬바람 새 99

역마살 100

피에로 101

애상 103

비 104

신호등 106

죽음 준비 108

4부 | 언어 찾기

나그네 111

그대에게 113

언어 찾기 115

섬 116

新살풀이 118

바다 120

상황 35 121

상황 36 123

주위 I 124

주위 II 125

거리에 서서 126

11월의 비 127

화해 129

백골의 노래 131

3월은 왔는데 133

강경 기행 135

지금 나는 담금질 중이다 137

님이 주신 연희(演戲) 140

5부 | 아름다운 인연

| 아름다운 인연 |

나의 멘토 홍윤식 박사 145 / 나의 제자 소리꾼 오정해 152 / 문화계의 마당발 삼성출판사 김종규 회장 156 / 향기로운 남자 춘천 소양예술농원 최인규 촌장 159 / 파란 눈의 국악인 '해의만' 선생님 162 / 한국 전통예술의 세계화에 기여한 수잔나 선생 167 / 국악을 닮은 마에스트로 노태철 170 / 한국 남성발레의 교과서 발레리노 이원국 172 / 연극배우 전무송과 연출가 남육현 174 / 진정한 끈기를 보여준 내 친구 박종일 177 / 아픔이라는 친구, 그를 기억하다 180

| 전통예술의 큰 스승들 |

눈물 나는 그 이름, 공옥진 선생 186 / 국악운동의 선구자 故 기산 박헌봉 선생 191 / 국립전통예술고등학교의 어머니 故 향사 박귀희 선생 195 / 전통예술 교육방식의 모범을 제시한 故 지영희 선생 198 / 당대 최고의 연주가 이생강 선생 201 / 『몽혼』의 이옥봉과 서도명창 한명순 선생 204 / 명인 이광수, 최종실 선생 207 / 풀피리의 명인 오세철 선생 210 / 재담소리 예능보유자 백영춘 선생 213

| 전통예술의 진수 |

잊혀서는 안 될 문화유산 평안도 향두계 놀이 216 / 전통연희의 백미 줄타기 219 / 종합예술의 보고 솟대타기 224 / 독창적인 우리나라이 극예술, 여성국극 228 / 씩씩한 기개가 넘치는 선소리산타령 231 / 우리 춤의 백미 살품이춤 234 / 부조화의 미학, 시나위 238 / 자연친화적인 우리음악, 산조 241 / 당당한 전통예술, 토속신앙인 무속 244 / 재인청의 복원을 꿈꾸며 247

| 일상의 희노애락 |

나의 호(號) 관허(觀虛) 250 / 가슴 시린 그 이름, 어머니 253 / 애비의 마음 256 / 자랑스러운 아들의 졸업식 258 / 춘란

예찬(春蘭禮讚) 261 / 풍란예찬(風蘭禮讚) 265 / 홀로 가는 도보여행 267 / 구례여행에서 얻은 수확들 270 / 농부연습 274 / 수확의 즐거움 276 / 오랜만에 찾은 고향에서 278 / 옛 벗을 만나는 설렘 280 / 세시봉, 그리고 나의 70년대 283 / 인연(因緣) 그리고 소통의 어려움 285 / 무욕무환(無慾無患)의 어려움 289 / 무자년(戊子年) 새해를 맞으며 291 / 인욕정진(忍辱精進)의 시간들 294 / 30년 몸담았던 학교를 떠나며 296 / 쓸쓸한 공로상 299 / 학자적 양심 301

| 기록 혹은 단상 |

국악의 노래 304 / 다시 가라 하면 나는 못 가네 307 / 모든 사람들이 평화롭게 함께 사는 세상 309 / 출근길 중랑천을 바라보며 314 / 순수한 시절에 대한 기억 317 / 아름다운 이별 준비 320

해설 / 김승국, 그 결벽한 고독의 시 세계 −박종명　　　　　323
발문 / 원고지는 바랬어도 잉크빛은 여전히 파랗네 −조정권　　　　334

1부 | 쿠시나가르의 밤

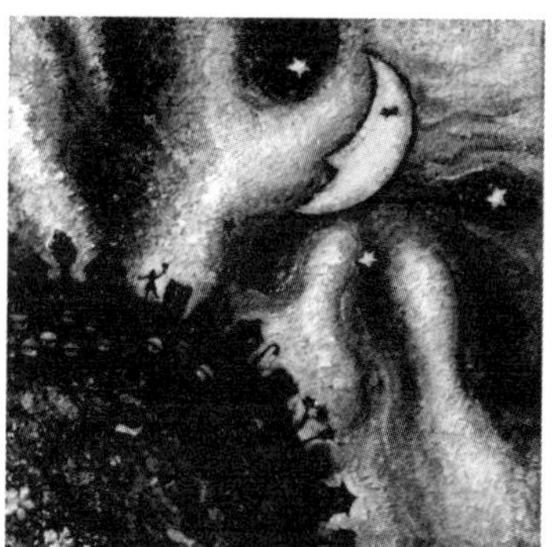

쿠시나가르*의 밤

깊은 밤
부처님 열반하신
쿠시나가르
바람 부는 사라나무 숲에
꽃잎은 달빛 타고
안개비처럼 떨어지네

부처님 떠나시던 그날도
슬픔에 젖은 사라나무는
꽃비를 내려
온몸으로 공양을 드렸지

꽃잎을 허물라
너를 허물라
당신마저 허물라 하시던

---

* 쿠시나가르: 부처님이 열반하신 인도의 불교 성지.

부처님 음성이
달빛 타고
꽃잎처럼 흩날리네

나무석가모니불
나무석가모니불
나무시아본사석가모니불

울란바토르*에서

몽골리아
광활한 초원
아름다운 음악이 흐르는 나라
그곳은 낯설지 않았어라

초원을 달리는 야생마들은
숨차게 휘모리장단에
맞추어 달려가고

알타이 산맥에
긴긴 겨울
수십 길 쌓였던 눈이
무너져 내리는 소리를 닮은
소리꾼의 노랫소리가
몸서리치게

---

* 울란바토르: 몽골리아의 수도.

내 가슴 저미게 하는구나

초원을 덮으며 울려 퍼지는
마두금의 선율은
이별이요, 기다림이요
슬픈 아리랑이어라.

몽골리아
울란바토르 하늘을 바라보며
수천 번 지고 폈을
나의 전생을 꿈꾸어 보네

청향(淸香)

금빛 노을 내리는 외로운 길
석양 향해 걸어가는 님
돌아보며 손을 흔드네
잘 있으라 손을 흔드네

내 여기 오지 않았는데
어찌 떠나갔다 하겠는가
내 여기 있지 않았는데
어찌 떠나갔다 하겠는가

빈손으로 떠나가는 님
맑고 향기로운 님
짐지지 말고 가벼이 살라하네
가지지 말고 가벼이 살라하네

인생은 흘러가는 구름이거늘
공수래공수거 이것이 인생이라

공옥진

난 소리꾼
광대의 딸이로소이다
가난한 광대의 딸
공옥진이로소이다

구비구비 인생길
빈 몸으로 산 인생길
사랑도 행복도
과분했던 인생이었소

나에겐
눈물이 웃음이요
웃음이 눈물이었소

노래가 좋아
춤이 좋아
광대로 한평생 살았다오

얼씨구 춤을 추어라
허튼 춤사위에
내 사랑 보내리라

곱사춤 춤사위에
내 눈물 감추리라

다시 가 본 싸리재

싸리재 언덕에서
나를 기다려 준
유년이여.
우리 걸쭉하게 대포나 한잔 하세
술이 싫다면
답동 성당 앞까지 걸으며 지난 이야기나 하세.
걷는 것도 싫다면
손을 꼭 잡고 서로의 체온이나 느껴 보세.

거리는 긴장하며 등 돌리고 있건만
싸리재 하늘은
여전히 한가롭게 졸고 있다.

안양천 거북이

남태평양
쪽빛 드넓은 바다가 있지 않느냐
구로공단의 가는 신음 소리가
시커멓게 떠밀려가는
안양천으로
네가 온 것은 무모한 짓이었다.

그러나
새벽아침을 깨우며
골방으로 퉁겨 들어온 너의 모습은
잠시
한 점 흘러가는 구름을 바라보며 누워 있는
나신(裸身)의 바다에 있게 한다.

원

비가 올 때는 비의 몸짓이
바람이 불 때는 바람의 몸짓이 되어라.

거리를 바라보며
적막한 공간을 느끼고
죽음을 맞이하며
시간의 영원함을 깨우칠 때
너는 너로
돌은 돌로
나무는 나무로 돌아간다.

욕정과 번민이란
호수 위를 맴돌다 가버리는
잠자리의 흔적 같은 것.

호수 위에 비가 내려도
바람이 호수를 울려대도

호수는 호수로 남을 뿐.

호숫가에 서서
퍼져가는 원의 파문을 바라보며
빈 마음속에
또 하나의 원을 그려본다.

청동어(靑銅魚)

밤 열한 시 오십구 분의 거리엔
쓰레기 같은 말들이 나뒹굴고
비린내 나는 바람이
흐느끼며 비벼댄다.
방에 있는 나의 바다에
그는 묶여진 손목처럼
흐느끼면서
내벽(內壁)으로 부딪혀 와
불만의 비늘을
푸른 녹으로 털어버린다
어제도 그제도 계속되는
홀로의 노동.

내 방의 그는 항상 허전하다.
나는 긴 복도처럼
허전한 그가 좋다.
허나 그는 믿을 수 없다.

그는 보석만큼 투명하다가
이따금
그믐달처럼 사라져 버린다.

겨울목련

그대는 겨울 목련을 본 적이 있는가.
무수한 화살촉을 겨누고
번득이는 살의를 쏟아내는
앙칼진 목련을.
그렇다
그가
고고하고 화려하게
꽃을 피울 수 있는 것은
당당하고 끈질긴
근성이 있었기 때문이다.

유홍초

이 산하에
피었다 떠나간
산꽃 들꽃이여
그대들은
꽃으로 오고 싶다 하지 않았으나
꽃으로 와서
꽃잎은 꽃잎대로 보내고
뿌리는 뿌리대로 남기고 떠나야 했다.
이제
다시 올 꽃들은
어디메쯤 피었다가
또다시 떠나가야 할 것인가.

그러면
앞뜰 찬바람에 떠는 유홍초어
그대는
내가 바라보는 유홍초인가

나를 바라보는 유홍초인가.

해연(海戀)

바다 멀리 저 너머 내 님이 떠나갔어요
한 해 두 해 기다려도 내 님은 오시지 않고
흘러가는 저 구름은 너무도 무심하지만
흐느끼는 파도만이 내 마음 알고 있어요.

기다리다 돌이 되도 내 님 기다리리라
흘러가는 바람 속에 내 마음 띄워 보낼까

밤하늘 구름 위 떠가는 달 외로웁구나
내 님 계신 그곳에도 저 달은 비추고 있겠지
흘러가는 저 구름은 너무도 무심하지만
흐느끼는 파도만이 내 마음 알고 있어요.

바람 부는 이 언덕에 홀로 돌이 되어도
내 님 오는 그날까지 천년을 기다리리라

별을 바라보며

언젠가 나도
이 세상을 떠나가겠지
저 푸른 산
저 푸른 강 뒤에 두고 떠나가겠지
바람 따라
흙바람 따라
떠나가겠지

깨어나지 않는 꿈이 되어
알 수 없는 길을 따라
정처 없이 안개길 따라 떠나가겠지

나도 가고
님도 가고
우리의 사랑도 떠나가겠지

별들아

난 너로부터 와
너에게로 가는가
별빛은 대답이 없어라

여보게, 육신이여
영혼이여
그대는
어디로 어디로
어떻게 어떻게 가려 하는가
별빛은
대답이 없어라

공간

새벽 3시
문득 깨어나 램프를 켠다.
적막한 주위를 핥는 램프의 혀.
메우지 못할
불치의 공간에
심지를 돋우고
거울 앞에 선다.
언제 봐도 낯선 얼굴.
불모의 시간 속에서 소멸되어 온
또 하나의 내 얼굴.
옛날
휘영청 달 밝은 밤
아버님, 할아버님
풍류로 보내시던
심지 깊은 밤
홀로 깨어
몇 줄의 시를 쓴다.

일어서는 밤

바람 속에 서 있어도 어디로 불어가는지
강가에 서 있어도 어디로 흘러가는지
모른다 나는.

고상한 분들이 클래식 감상을 하시는 이 밤.
하루치의 생존을 위해
오팔팔거리*에서
분을 짙게 바르고
손님을 받는다 나는.

긴 잠에 빠진 미이라처럼
먼지에 뒤덮인 내 유년일랑
골방 속에 처박아 놓아라.

독립투사였다는 아버지가 남긴 것은

___

* 오팔팔거리: 밤거리의 여인들이 몸을 파는 사창가.

판잣집과 가난뿐.
어제도 오늘도 내일도
약속된 것은 없었다.
어린 시절 만화 속의 악당이 비참하게 죽어가는 것을
보고서
우리 동네 친일파 나으리가 비참하게 죽는 것을
나이 먹도록 기다려 보았어도
그는 화려하고 안락하게 죽었고
신문 한쪽 귀퉁이에 원로 이아무개옹 별세라고
사진까지 얹혀 나왔다.

지금까지 이겨온 것은
번쩍이는 위선과 불의.
용서는 치욕을 낳고
믿음은 배신을 낳고
정직은 만신창이를 낳았을 뿐이다.

키워 보자 분노의 나무를
품어 보자 복수의 칼을.
그리고 기다려 보리라.
모순의 벽이 무너져 내리는 그날까지

끝까지 살아남아.

바람은 어디로 불어갔는지
강물은 어디로 흘러갔는지
두 눈을 부릅뜨고
살아서 보리라.

고상한 분들이 클래식 감상을 하시는 이 밤.
하루치의 생존을 위해
분을 짙게 바르고
손님을 받는다.
나는.

고봉산 연가

고봉산 마루에
꽃바람이 불어오네
떠난 님 바람 타고
나를 찾아오셨네

산과 들에 꽃이 피고
내 마음도 꽃이 피네
내 님도 그러실까
바라만 보아도 좋은 내 님
생각만 하여도 좋은 내 님

불어라 꽃바람
나에게는 사랑 바람
제비꽃 바람꽃도
너울너울 춤을 추네

우리의 만남

　—몽골 야우강님께

푸른 바람이 불어온다

몽골리아로부터

코리아로

억겁의 세월

얼마나 많은 세월이 흘렀을까

아련한 전생의 시절에

우리는 서로 피를 나누었을 것이다.

낯설지 않은 얼굴

낯설지 않은 미소

오늘의 만남은

아마도 필연인 것을

서로 말은 통하지 않지만

서로의 뜨거운 심장을 느낄 수 있네

오늘 우리가 헤어진다 해도

먼 훗날 우리는 또 만나겠지

오늘 이국 땅 허름한 선술집에서
나눈 정 깊은 언어들일랑
마음 깊은 곳에
푸른 글씨로 남겨 놓자

2부 | 사랑의 시

내 온몸 흠뻑 젖는데
—메마른 시대에 바치는 小曲

후드득
장맛비
나뭇잎 두드리면
후드득
몸으로
대답하는데
아무리 두드려도
열어주지 않는
문 잠근
너의 마음
내 온몸 흠뻑 젖는데.

岐山慕曲(기산모곡)

촉촉이 보슬비 나리던 날
서당 가는 길
'골짝 골짝 산골짝에
줄기 줄기 비 묻어온다'
나무꾼의 구슬픈 그 노래 가락이
아홉 살 당신의 어린 가슴을
흔들어 놓았습니다.

나라 잃었던 시절에도
어두웠던 시절에도
잃었던 국악을
다시 찾기 위해
당신은
국악의 배움터를 열고
외롭게 밭을 일구고
씨를 뿌렸습니다.

당신이 있었기에
씨앗은 싹을 틔우고
가지를 뻗어
우리 국악 꽃을 피워
어두운 거리는
밝게 빛나고
잃었던 국악을 다시 찾았습니다.

님이여!
고이 잠드소서!

사랑의 시

철없던 시절
첫사랑
떠나보내고
누구도 다시는
사랑하지 못하리라 믿었어요

메마른 나날들
한 해 두 해 수십 년
불 꺼진 마음
한 해 두 해 수십 년

어느 날 그대는
안개처럼 다가와
내 마음 꺼진 심지에 불을 붙이고
깊은 잠에서 나를 깨우네요

커다란 눈망울

따뜻한 미소
그대를 바라보면
나는 소년이 됩니다

그대여
떠난다 말하지 말아요
그대가 가면
진정코 다시는 사랑할 수 없음을
나는 압니다

그대를 생각하면
행복에 가슴 떨리고
그대를 생각하면
왜 이렇게 외롭고 슬퍼질까요

사랑합니다
당신을

사랑합니다
당신을

비를 바라보는 풀잎

비가 내린다
너는 떠나가도
나는 이곳에 남아 있었다.

지난
길고 긴 겨울
삭풍이
내 머리카락을 움켜쥐고
흔들어대도
나는 떠나가지 못하고
너를 기다리고 있었다.

기다림은
나의 숙명이며
생명과 같은 것이었다.

내가 뿌리를 내린 곳은

아주 조그마한 땅
내가 가진 것은
아무것도 없지만

쏟아져라
지쳐 돌아온 비여
한 맺히고 멍이 든
너의 아픔을
한없이
씻어버리며
쏟아져라 쏟아져라
다 받아줄 터이니.

비가 내린다
네가 떠나가도
나는 이곳에 남아 있겠다.

출 구

'터널'이란
어둡고 탁하지만
출구가 있다는 뜻.

빛이 거세된 시대
출구는 있는 것일까.

정의를 위하여
순결을 위하여
깨어 있자.

외로운 정신은
사막가재처럼
출구를 찾아
시간의 모래 위를 걸어가는데
방향 없는 바람소리
어둠 속에 허망하다.

문득
나는 전진을 포기한다
가다가 절망하지 않기 위해.

5월의 신작로

바람은 바람소리를 몰고
꽃은 꽃의 새끼들을
나는 나의 그림자를 몰고
5월의 신작로를 달려간다
햇살은 수없이
바늘같이 쏟아져 내리고
거리는 비틀거리며 흔들리고 있었다.
젊음이 묶여진 거리
그림자마저 의기소침한 정오
암흑을 잠재우던
만신창이 옷을 벗어던지며
엄마를 불러보고
기억의 새끼들을 불러내고
꽃의 새끼들을
바람소리를 불러내어
5월의 신작로로 달려간다.

풍란

내 영혼 풍란 되어 살 수 있다면
내 몸과 영 이별하여
가파른 해안 중턱쯤
뿌리를 박고
바다를 바라보며, 파도를 바라보며
살아가리.

혹은
삐죽이 솟은 이름 없는 산정(山頂)에서
끝없이 펼쳐진 산야와
밤하늘 별들을 바라보며
살아가리.

이따금 외로워지면
향기로운 꽃을 피워
행복하다 말하리.

내게 필요한 것은
약간의 바람과 이슬뿐
헤밍웨이는 인생은 더러운 속임수라 말하네
그래
결국 삶이란 죽음으로 회귀하는 여로인 것을.

거리엔 떠도는 영혼들.
우리가 결국
풍란으로 피어날 수 없다면
우리의 몸뚱이를
암벽 같은 이곳에 뿌리를 박고
정신은
철저히 고독하게 하여
풍란을 닮으며 살아가야 한다.

꿩의 바람꽃

숲은 봄을 시샘하는 바람으로 을씨년스럽다.
응축된 생명으로 긴 겨울을 참아내며
기다리고 기다렸던 봄이 아니었던가.
오늘은 찬바람만 냉정하게 온 산을 뒤흔들고
꿩의 바람꽃이 저만치 떨어져 떨고 있다.
아리도록 추운 긴 밤을 수없이 보내며
침묵으로 살아가는
들꽃의 숙명.
그러나 그대가
흰 날개를 닮은 커다란 꽃을 피우는 것은
영원히 날 수 없을지라도
비상의 꿈을 버리지 않는
자기 확인이요,
의지의 노동이리라.

나무닮기

나무가 오래 사는 것은 겨울을 견디기 때문이다.
온몸을 벗기우고
얼어붙은 땅속에 끈질긴 힘줄이 묶인 채
철저히 인종(忍從)의 겨울을 보내기 때문이다.
그는 치욕을 치르고 생명을 보장받았다.
유다처럼.
내가 오래 살아온 것은 나무 닮기를 해 왔다는 것.
내가 치른 것은 굴복과 침묵.
그래도 떨구지 못한 하나의 잎새가 있기에
이 쓰라린 겨울이 더욱 춥구나.

산

외로워 산을 찾은 자여
저 산을 보아라
그대의 외로움은
저 산 계곡에 밤새 서성이는 바람일 뿐
해가 뜨면 바람도 떠나가
계곡은 흐르는 물소리로 가득하다.

사랑에 마음 아파 산을 찾은 자여
저 산을 보아라
그대의 사랑은
저 산등성이에 쏟아지는 햇빛일 뿐
시간이 흐르면
태양이 햇빛을 거두어 가듯
그대의 사랑도 잊혀져
어둠 속에 묻히리라.

산은

기뻐하지도
슬퍼하지도 않는다
눈이 오면 온몸으로 눈을 맞고
비가 오면 온몸으로 비를 맞는다.

산은
그저 산으로 서 있을 뿐이다.

삶에 지친 자여
저 산을 보아라
산은 더 높은 산을 부러워하지 않으며
산이 아닌 무엇이 되길 원하지도 않는다.

마음을 비우고
천년 억년을 침묵하며
풀과 나무와 산짐승에
자신의 육신을 아낌없이 보시하면서
그저 산으로 서 있을 뿐이다.

산행

수십 성상(星霜) 둥지 틀고 살아왔건만
마음 한쪽 항상 텅 비어 있다.

하늘 봐도 땅을 봐도
부끄러운 인생길
구비 구비 산길 돌아
산정에 서다.

토성 무너진 틈
무명초 이파리 바람에 흔들리고
산까치 지저귀는 소리 한가롭구나.

그래 그렇게 사는 것이지
조금은 가득한 채
조금은 텅 빈 채로.

숨은 소리

山엔
소리가 숨어산다.
꿈틀거리며 꿈틀거리며

한 푼의 돈 때문에
눈을 번뜩이는 한낮에도
개 짖는 소리 요란한
캄캄한 이 밤에도

천 년을 그랬듯이
그는
부동의 자태로
불면의 시간을 갖는다.

아무도 그를 본 자는 없다.
그러나 산을 바라보면
싱싱하게 숨을 쉬고 있는

그를 느낄 수 있다.

그는 냉정함 이상으로 냉정하지 않으며
다정함 이상으로 다정하지 않지만
언제나 진실하고 솔직하다.

그가 있기에
산은 외롭지 않으며
그가 있기에
산을 찾는 사내도 외롭지 않다.

모든 걸 버리고 오라
피곤한 자여!
언제나 나는 이곳에 있으며
너를 영원히 쉬게 하리라.

山엔
소리가 숨어 산다.
꿈틀거리며 꿈틀거리며.

빙폭

마음을 비운다는 것은
얼마나 치열한 저항인가.
일렁이는 마음은 파도와 같은 것.
파도를 잠재우기까지는
기다림이 필요하듯
우리의 마음을 잠재우기까지는
시간이 필요하다.

잠 못 이루는 번뇌와
이글거리는 욕망과
증오심은
한없이 마음을 황폐하게 한다.

자기를 버린다는 것은
얼마나 아름다운 일인가.
남을 용서하는 마음에서
나를 버리는 첫 걸음이 시작되고

마음을 비우는 그릇이
비로소 마련된다.

마음을 비우고자 하는 자여
바람이 몰아치는 겨울에
산으로 가라.
가서
암벽에 꽁꽁 얼어붙어 있는
빙폭을 보아라.
아무도 찾아주지 않는 그곳에서
낮과 밤을 쉬지 않고
얼마나 눈이 부시도록
자신을 탈색시키고 있는가를 보아라.
그리고
그대의 지친 영혼을
겨울이 끝날 때까지
저 빛나는 빙폭 위에
걸어두라.

연꽃 마음

이 세상 험난해도
내 마음 속 깊이
연꽃 한 송이 모서야지

연꽃이여
그대는
어둠을 밝히고 피어난 등불 되어
두 손 합장하여
피어났어라

더러운 물에 뿌리를 내려도
자신의 몸을
결코 더럽히지 않는
그대는
부처님 마음

연꽃이여

고결한 그대의 모습
연꽃 마음이라 부르리

이 세상 험난해도
내 마음속 깊이
연꽃 한 송이 모셔야지

가시 하나

친구야
마음 아파하지 마
네가 부러워하는 사람들
행복한 사람처럼
행복한 척 살고 있지만
누구나
마음속 가시 하나 박혀
살고 있지

친구야
아무도 부러워하지 마
세상에 가장 소중한 건
바로 너, 바로 너야
저 아름다운 세상도
너 없인 무슨 의미가 있겠니

친구야

한번 뿐인 인생길
따뜻하게 살자꾸나
어우러져 살자꾸나
괴로워 슬퍼하기엔
짧은 인생길
너무나 짧은 인생길

교무회의

교무실에 내가 있다는 것을
학생들에겐 들키고 싶지 않다.
오늘도 바퀴벌레처럼 몸을 움츠리며
나는 작아지는 연습을 하기 시작한다.
어느 날 불쑥 신한국 창조를 외쳐대더니
오늘은 공납금 납부실적을
침을 튀기며 독려하는 교감 선생님과
모의고사 성적 부진은
전적으로 무능한 여러 선생들 탓이라고
눈을 부라리며 나무라는 교장선생님의 목소리가
고주파로 변조되어
윙윙거리며
작아지려는 나의 노력을 지원한다.
작아지는 것의 편안함이여.
'우리 것은 좋은 것이여'라는 TV 광고가
'입 닥치는 것이 좋을 것이여'라고
언제부턴가 이중창으로 들리기 시작했다.

소화불량으로 삐져나오는 도둑 방귀처럼
나의 입 밖으로 욕설이 찌그러지며 나온다.
순간 흠칫
그 말이
절대로, 절대로
지존하신 높은 분들에게 향한 것이 아니오라
모의고사 성적을 못 올린
이 무능한 놈이 너무 미워 한 말이라고
큰 소리로 변명할 뻔하였다.
아.
승냥이 우는 월하의 공동묘지처럼
침묵이 흐르는 교무회의.
나의 이 작아진 모습을
절대로 들켜선 안 된다.
아직도 나는,
아이들의 기억 속에서만은
큰 바위 얼굴을 닮은
선생님으로 남고 싶기 때문이다.

교실
—스승의 날 방과 후

수정별 맑은 꿈을
가슴속에 품고서
풋사랑에 가슴 설레고
어둠을 탐할 줄 모르던
이부머리* 머슴아

축축하게 살라 하시던
헐렁바지 선생님의 모습이
교단 위에 아른거리는
방과 후.

누구든 와 머물 수 있고
스스로 떠나갈 수 있도록
기다려 주는 빈 교실이
스승이다.

---

* 이부머리: 아주 짧은 머리.

텅 빈 교실에
땀 절은
내가 앉아 있다.

3부 | 하루의 책갈피

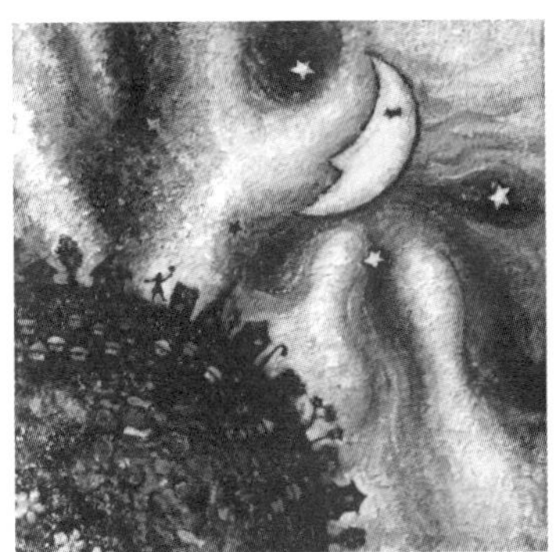

밤에 피어나는 장미의 순간

달빛이 묻어오면
속몸을 드러내고
피를 말리는 문둥이
떨어지는 살갗은
너무
붉다.

하루의 책갈피

거리엔 수많은 사람들
저 마다의 인생을 살아가고
우연히 만나 인연을 맺는다 해도
어차피 각자의 길을 가는 것

사랑도 미움도 영원하지 않아라
불어왔다 사라져가는 바람처럼
사랑도 미움도 영원할 수 없는 것
타올라 스러져 재가 되는 불꽃처럼

허름한 술집에서 술잔을 들이키며
오늘도 하루의 책갈피를 덮는다
바람아 그만 불어라
돌아서는 내 마음이 너무 춥구나

빈터의 흔적

日常을 몰고 태양이 지나간 숲에
밤이 찾아오면
헝클어진 머리로, 벌거숭이 몸으로
숲으로 간다.
풀벌레 적막한 울음소리로
밤의 허연 기침이 풀잎으로 묻어온다.
풀잎마다 묻어 있는 애정의 흔적.

—샤갈의 그림 속에 나를 이입해 본다—

별은 땀 절은 나의 몸을 씻기며
화환이 되어 둘러싼다.
지금은
깊이 가라앉는 적막한 빈터에서
생활의 때를 비늘처럼 벗기는
신선한 시간.

자유공원*(自由公園)

자유공원은 인천 사람들에겐
꿈과 자유와 아름다움의 성지(聖地)이다.

인천의 아이들은
이곳에서
바다를 바라보며 자라나
시인을 꿈꾸면 시인이 되고
선원을 꿈꾸면 선원이 되었다.

그래서 인천은
꿈과
자유와
아름다움을 사랑하는
시인과 선원의 고향이다.

---

* 자유공원(自由公園): 인천상륙작전을 지휘한 맥아더 장군의 동상이 세워져 있는 인천시 중구 송학
  동에 위치한 시민공원.

영원히 구속받지 않을
자유공원의 바람이
푸른 숲을 깨우고 지나가면
사람들은 가슴으로
바다는 파도로 대답한다.
ㅡ그래, 자유는 소중한 거야.

자유공원은 인천 사람들에겐
첫사랑
포근한 연인이다.
오늘도
고향을 떠나온
병들고 지친 자를 향하여
자유공원은 손짓한다.
ㅡ그래, 언제나 돌아오고 싶을 때 오렴.

만리동 고갯길

만리동 고갯길
햇빛은 군데군데
쓰레기 더미 위에서 혹은
낡은 건물 담벽에 기대어 졸고 있었다.

감나무 교정길 따라 올라가면
한가롭게 교실을 엿보던
담쟁이넝쿨.
내 나이 황홀한 열여덟 살.

김춘수, 박목월, 릴케, 헤세, 그리고 샤갈
그들은
언어의 아름다움과,
고독한 창조 정신과,
시공을 자유롭게 넘나드는
심상의 세계를 일깨워 주었다.
과연 그들과의 만남은 숙명이요,

업보와 같은 것이었다.

모든 사물들이 원색으로 다가서고
순수한 영혼은
항상 그들 앞에서 설레었다.

이제
귀밑머리 흰 머리칼 날리는 나이.
열여덟 살 심상의 사슬은
지금도 나를 묶어 놓고 있건만

만리동 고갯길
햇빛은
쓰레기 더미 속으로 담벽 안으로
긴장하며
숨어들어가 있다.

촉수를 거두고

몸에 돋은 촉수를 거두고
눈과 귀를 차단하다.

누구냐
은밀한 의식의 공간으로
침범하여 들어오는 자는.

평정이란
투쟁에서 얻어지는 것인가
단단한 껍질을 쌓아가며 지켜가는 것인가.

삶의 본질을 깨달은 듯 하다가도
다시 분란의 원점으로 돌아가는
이 우둔한 유희의 반복.

버리자 가지치기를 하듯
툭툭

냄새나는 것들, 묵은 것들을 잘라내자.

잘라 낸 흔적에
굳은 새살이 돋을 때까지
인고의 시간을 갖자.

서울

바다 속으로 익사한 고대 도시
창백한 피부를 드러낸 채
잿빛 숨을
가쁘게 토해내고 있다.

내 귀여운 자식과
사랑하는 모든 이들을
삼킨 채
징그러운 눈빛을 보내고 있는
회색빛 괴물.

우리는 모두 엄청난 음모 속에
빠져있는지 모른다.

안타깝게 깜박이고 있는
적색경보.
그러나 우리는 볼 수 없다.

우리는 모두 失明하였다.

북한강변에서

들꽃 바람에 흔들리는
북한강변에
나 홀로 섰네

바람은 소리 없이
눈물 같은
물안개 휘감아 가고

안개가 떠난 강물은
추억처럼 아름다워라

바람은 알겠지
민들레 같은
슬픈 내 사랑을

아름다운 당신이여
그대는 떠났지만

눈을 떠야 보이는가
눈을 감아도 보이는 걸

안개가 떠난 강물은
추억처럼 아름다워라

들꽃

애야

지난밤

얼마나 추웠니.

이 불쌍한 것.

민들레

당신은 민들레
아주 작은 들꽃으로 피어났지
거센 바람 온몸을 흔들어대도
흔들리지 않는 뿌리를 내리고
밟히고 또 밟혀도
의연히 다시 섰었지

당신은 푸르른 하늘을 향하여
당당한 꽃대를 올려
노란색 정의의 꽃을 피우는
불굴의 꽃 민들레여라
민초의 꽃 민들레여라

당신은 민들레
아주 작은 들꽃으로 떠나갔지
바람은 아직도 거세게 불지만
당신이 남기고 간 불멸의 씨앗은

바람 타고 날아와
내 가슴에 뿌리를 내리리라

당신은 거친 황톳빛 길가에서도
잿빛 거리에서도
내 가슴속 영원히 함께하는
희망의 꽃 민들레여라
민초의 꽃 민들레여라

가을 민들레

모두가
강요된 침묵을 지키며
차갑게 쓰러져 있는
언덕에

조그만 목소리로
피어난
가을
민들레.

피어남으로
말을 시작하고
죽음으로서
모두를 깨울 수 있다면

겨울이 오기 전에
누군가

먼저 꺼내야 할
진실의 말을 하기 위해

움츠린 언덕
한가운데
의연히 피어나 있는
민들레의 이유가 될 수 있을 것이다.

찬바람 새

가을날
뿌리 깊은 미루나무 위
지조 높은
외로운 새.

차가운 세상
내 심연의 가지 끝에서
메마르게 울어대는
잎사귀 같은
새.

죽음이 오는 그날까지
서서히 죽어가면서
찬바람 속 작은 가지 끝을
떠나지 않는
찬바람 새.

역마살

내 마음 어지럽게 가르는 비
마모된 민둥성이 얼굴이
비에 젖고 있다.

폐허 속에
나는 내 밖에 서 있고
그 나는 또 그 밖에 서 있다.

역마살이 꼈나 보다.

피에로

바람은 채찍 소리로 나무를 흔든다.
분장한 나에게
퍼렇게 손뼉 치는 빛나무.
생활을 곁눈질하는 나에게
삽이 쥐어지고
어쩔 수 없이 밀려온
벼랑 끝에 선 무의식.
밤으로 나를 가려도
자꾸만 드러나는
하이얀 이놈의 알몸.

몇 푼의 권태를 주머니에 움켜쥐고
집으로 향하는 시간
거리는 달을 안고 휘청거린다.
나도 달을 안고 휘청거린다.
가난한 밤에
거울 앞에 서면

선명히 다가서는 미련.
어찌할 수 없는
의로운 동행에
그를 버리기엔 아직도 끈질기게
내 가슴에 드리워 있는 양심의 그늘.
뒤돌아보면
어느새 자책의 벼랑이 다가서고,
그가 찾아오는 적막한 시간에
눈물로 몸을 씻으며
온몸으로 그를 맞이한다.

애상

낙엽이 우수수 떨어지던 밤
내 마음 찾아온 그대의 모습
사랑한다던 그 말 잊으셨나요
지워도 떠오르는 그대의 모습
비어 있는 내 마음에 그대 생각뿐
잊으리 잊어야지
그대의 얼굴

그리워 다시 찾은 그 언덕길
들국화 피었는데 당신은 없고
비어 있는 내 마음에 그대 생각뿐
잊으리 잊어야지 그대의 얼굴
비어 있는 내 마음에 그대 생각뿐
잊으리 잊어야지
그대의 얼굴

비

강원도 비가 서울에 내린다
기억을 불러내며
환하게 소리쳐
비자나무, 싸리나무
내음 그대로
가슴 두드리는
뜨거운 비.
어린 나를 잠재우던
젊은 어머니의 손길.

꽃의 가슴을 여는
너의 허연 손목은
밀폐된 거리를 열고
박제된 새들을 날게 한다.

문득 찾아와
때 묻은 하루를 벗기는 넌

아스팔트 위에 돋아나는 하이얀 꽃의 함성.

신호등

건널목에 서다.
신호등은 빨간 불.
기다려도 기다려도
켜지지 않는 파란 불.
트럭은
내 코앞에 엉덩이를 흔들어 대며
거만하게 달려간다.
언제 켜질지 모를
파란 불을
기다려야 한다는 건
불만이요, 고문이다.
나를 세워 놓고
쏘아보는
오만한 빨간 눈빛.
문득
파란 불은
나를 속이며

영원히 켜지지 않을지도 모른다는 생각이 들었다.

건너자!
쏜살같이, 날렵하게.
그러나
어찌하랴.
달리는 쇠뭉치가
나를 짓밟고 가는 것을.
아주 떳떳하게.
아주 비정하게.

죽음 준비

마음은

흐르는 물처럼 맡겨 버리고

기다림은

한 알의 씨앗처럼 하며

사랑은

소리 없이 나리는 봄비처럼 할 수 있다면

죽음은

저녁노을을 맞이하듯 할 수 있을 것이다.

4부 | 언어 찾기

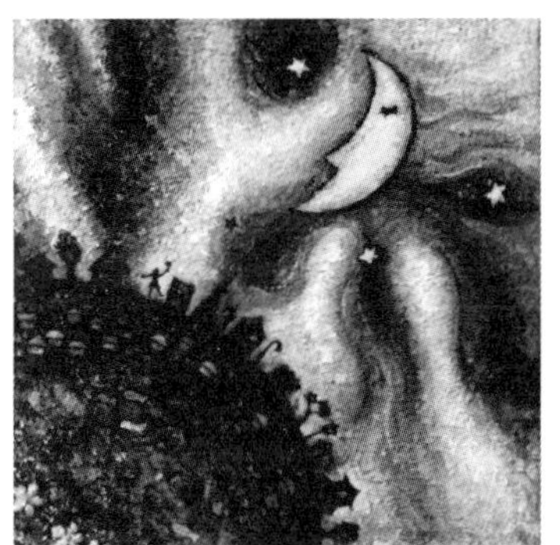

나그네

나는 나그네
석양빛
걸머지고 걸어가네

저 먼 지평선에 걸린
빈 하늘은
붉게
흐느끼고

마른 나뭇가지 위
집 떠난 작은 새
울음소리
마음 아프네
울음소리
마음 아프네

바람 불면

바람의 몸짓으로
비가 오면
비의 몸짓으로
살아가리

모든 것 버리고
모든 것 비우고
살아가리
살아가리

나그네, 나그네
나는 나그네

그대에게

도솔천 숲 속을 뛰노는
사슴의 눈을 닮은 그대여

맑고 따뜻한 마음으로 다가와
내 마음에 자리 잡았네

쏟아질 듯 반짝이는 별들을 바라보며
나 죽으면 한아름 꽃 안고
찾아오겠노라 하였네

그대의 마음이 넓고 넓은 하늘이라면
나는 그대를 향해 피어난
한 송이 꽃일 뿐이네

무엇이 우리를
끊을 수 없는 끈으로 묶어 놓았을까
오늘 밤도

인연의 끈을 따라
그대를 꿈꾸어 보네

언어 찾기

고요한 시간.

내 맘의 형태 닮은
닮은꼴 언어 찾기.

언어는
깨어진 유리 조각.

내 손은 찢겨 피에 젖는다.

끝없고 힘겨운
홀로의 작업.

부질없는 짓이라 탓을 한다면
사는 것도 부질없기는
매한가지

섬

나는 섬
인생의 바다에 떠 있는
외로운 섬이네
사랑은 밀물처럼 왔다가
썰물처럼 떠나가고
한숨 같은 바람이 내 곁을 서성이네

나는 꽃
가파른 인생의 언덕에 피어난
외로운 꽃이네
그토록 기다렸던 사랑이지만
붙잡지 못한 채
눈물 같은 꽃잎만 떨구네

인생이란 무엇일까
사랑이란 무엇일까

인생이란
홀로 가는 외로운 방랑일까

사랑이란
예정된 이별인가

오늘도 홀로 우는
나는 섬
나는 꽃이라네

新살풀이

암흑의 깊고 깊은 터널 속에
흰 손수건을 늘어뜨리다.

그대는
시공(時空)을 가르는 장막.
영(靈)과 육(肉)을 연결하는 고리.
핏빛 같은 구음(口音)에 맞추어
몸짓하는 정신.
치열한 영혼의 투쟁 끝에
내걸은 하얀 깃발.
어둠을 더욱 어둡게 해주는
백색(白色)의 논리(論理).
난파된 마음으로
푸른 바다 위를 혼자 날아가는 나비.
계면조로 울어대는 밤바다가
해안에 탄식하듯 뱉어놓은
무겁고 허연 한숨.

머무른 듯 움직이고
가는 듯 멈춰 서는
그대는
차라리 흐느낌이어라.

추어라 추어라
귀신의 춤
할머니의 춤
찢겨진 내 영혼의 춤을.

바다

옳은 것이 옳은 것을 잠재우지 못하듯
바다는 바다를 잠재우지 못한다.
때 묻은 생활로 조여드는 권태의 그물 사이로
불만처럼 솟아오르는 파도의 어깨.
누구도 막지 못할 욕망의 밀물.
하얗게 발가벗고 달려오는
너의 가슴은
메마른 거리를 적시고,
그대의 백금빛 입김은
눈먼 자의 눈을 뜨게 한다.
풋풋한 비린 내음으로
솟아오르는 힘 속에
지친 자를 쉬게 하고
그의 가슴속에 너의 힘을 간직케 하라.

상황 35

괴물 같은 그와
퍼렇게 멍든 가슴을 안고 사느니
차라리 듣지 말고 보지 말고 말하지 말까나
오늘도 평정되지 못하는 반란의 마음

거리엔 의미 없는 풍경과 소리와 말들이
쓰레기처럼 나뒹굴고
나는 차라리 정적의 시간을 꿈꾸며
눈과 귀와 입을 막는다.

어제도 오늘도 복종을 강요하는 그에게
벼랑 끝에 선 묶여진 마음은
가늘게 가늘게 반항을 하고
무너져 내리는 굉음으로
상심의 마음속을 뒤흔든다.

어두운 이 시간에

시간이 우리를 떼어 놓으리라는 진실을
신앙처럼
더욱 믿고 싶다.

상황 36

우리는 무엇에 내기를 걸고 사는 것일까? 처음부터 우연을 꿈꾸고 시작하는 슬롯머신처럼 불확실한 미래를 향하여 초조하게 시간의 코인을 계속해 집어넣고 있는 것이 아닐까? 우리는 때때로 암담하고 절망적일 때조차도 정직하지 못하다. 왜냐하면 너무도 처참해진 자신을 확인하는 것이 두렵기 때문이다. 내가 가슴앓이를 앓고 있다는 것을 깨닫고 병원의 문을 두드렸을 땐 이미 때는 늦어 있었다. 가래처럼 마구 뱉어 놓은 가식의 언어들이 무덤처럼 쌓여서 나를 조금씩 부패시키고 있었다. 이렇게 사는 것이 내일도 모레도 마찬가지라면 차라리 죽음을 택하는 것이 낫지 않을까 생각도 해보았다. 그러나 지금도 어딘가 땅을 뚫고 솟아오른 잡초의 끈질긴 생명이 그대로 의미 있는 것이라면 매일 매일 절망하더라도, 끝내는 죽음이 절망을 잠재울 때까지 끈질기게 나의 심장의 불꽃을 피워야 하지 않을까? 우리는 홀로 깨어 있을 시간이 필요하다. 깨어있다는 것은 고통스러운 것이지만 진실에 가장 가까이 닿아 있는 것이기에.

주위 I

우리는 모두 차갑게 냉각된 마네킹
뚜— 日常을 여는 신호가 울리면
우리에겐 하나 둘 번호가 매겨지고
하루도 쉬지 않고 위축되어 온
너와 나의 몸뚱이가
철근과 시멘트 사이에
나사처럼 박히어 돌아간다.
우리는 점점 위독해진다.
서로의 가슴을 열고
꽃 같은 서로의 눈물을 심어주어야 한다고
문득 생각될 때면
내가 걷고 있는 日常의 복도에
문이 닫힌다.
속절없이 차단되는 주위.
안으로 안으로
밀폐된 깊은 곳에서
나의 소리는 묵살된다.

주위 II

바람이 쇠줄 소리로 울어대던 오후. 낙엽은 가지 끝에서 메마른 시간을 움켜쥔 채 흔들리고 있었어. 차가운 아스팔트 위엔 그림자가 기일게 몸부림치고, 햇빛은 햇빛대로 떠나가고 있었어. 문 잠근 외면의 거리, 어디에나 내 갈 곳은 없었어. 난파된 마음속으로 기억이 끈질기게 기어들고, 누를수록 솟아오르는 고독한 힘을 보았어. 위협받지 않고 강요받지 않는 새를 바라보며, 나는 의식의 나선을 돌아 거리로 빠져나갔어. 동물일 수밖에 없는 나에게 너는 분노의 옷을 입히고 두 손을 꽁꽁 묶어놓고 있었어.

거리에 서서

겨울나무 밑에서 하늘을 보면
하늘은 갈가리 찢기고
무의식의 헛간에
철근이 어지럽게 쌓인다.
바람에 찢기는 마음의 살점.
한 평도 차지할 수 없는
이 거리는
언제까지나 낯설고 추울 것인가.
창백한 거리,
시려운 세상에
시려운 가슴을
가난한 두 손으로 녹이면서,
땅속에 몸을 심고 서 있는 나무같이
안주하고픈 겨울 오후.
낙엽은
저마다 한 움큼의 소리를 움켜쥐고
아스팔트 위를 뒹굴고 있다.

11월의 비

11월의 비가 내린다.
온갖 소리를 잠재우고
아주 정갈한 소리로
비가 내린다.

뜰은
결가부좌 자세로
침묵 속에 비를 맞이한다.
빗방울마다 피어오르는
풋풋한 흙의 살 냄새.

비를 맞이하는데
무슨 말이 필요할 것인가
무슨 생각이 필요할 것인가.
가슴으로 안겨 오면
그대로 받아들여
하나가 되면 되는 것이 아니더냐.

오늘은

회색빛 도시도

눈을 감은 채

그대로 비를 맞아들이고 있다.

화해

생활의 순간.
문득 찬바람에 놀라 창밖을 본다.
얼마나 잊어왔던가
한 송이 가을꽃
친구.

연필을 놓고
시간의 거울 앞에 서면
낯설고 땀 절은 얼굴.
네 이마의 주름은 황톳길처럼 메마르고
가을이 깊을수록
나의 방황도 깊다.
'두보' '소동파' '이백'의
숨결은 바람 속에 들리는데
내 마음은 바람결을 빗겨만 간다.

화해하지 못하는 내 마음의

두 곡선은 언제나 만날 것인가.

진실되고 겸허하고 착한 가을꽃처럼
좀 더 넓은 마음의 공간을 갖고서
바라보는
가을꽃이 되고 싶다.

신께서 주신 네 생명의 작은 가지 끝에
소박한 꽃을 피워라.

백골의 노래

눈물인가
웃음인가
흔들리는 달빛인가.
바람이 불면
백골은 돌아누워 흐느끼고
한점, 한점 뼛가루는 바람을 타고 날려 간다.
음흉스런 침묵으로
망자(亡者)를 맞이하는
대지(大地).
은밀한 이 밤
또다시
새 생명을 잉태하는
신의 장난.
우리의 철없던 사랑도
미움도
미련도
망각의 바람 속에

묻히겠지.

이 불면의 밤에
허공을 향해
영혼마저 벗어던지고
백골의 노래를 처절하게 부르리라.

3월은 왔는데

3월은 왔는데
봄이 오는 것이
왜 이리도 힘겨울까

홀로 걷는 거리엔
찬바람이 불어대고
하늘을 바라보면
갈 곳 몰라 헤매는
내 마음을 닮은
어지러운 눈발뿐

봄은 오려나
내 마음의 봄은 오려나
그대 보낸 내 마음은
아직도 겨울이네

봄은 오려나

내 마음의 봄은 오려나
그대 보낸 내 마음은
아직도 겨울이네

강경 기행

황사 몰아치는
황산벌 위엔

벌판을 닮은 하늘이
계백의 울음으로
흐느끼고

짓궂은 바람만이
어린 꽃잎을 흔든다.

승자도 패자도 떠나버린
황산벌은
더욱 적막하다.

계백.
나 오늘
그대 위해

못 다한 진혼가(鎭魂歌)를 부르노니
이젠 모두 용서하고
편안히 돌아가시오.

지금 나는 담금질 중이다

지금 나는
길가에 버려진 차가운 난로이다
나의 영혼은
아리도록 춥고 외롭다

지금 나는
갈 곳 없어 서성이는 바람이다
아니다
비바람 속의 난파선이다

나의 영혼은 암흑보다 어둡다
나는
수술대 위에 놓여진
마취된 몸뚱이처럼 불안하다

지금 나는
맑고 푸르게 흘러가는 강물이 아닌

쓰레기와 함께 흘러가고 있는
장마철 탁류이다
나의 영혼은 답답하고 소화불량이다

지금 나는
외부와 단절된 끊겨진 전선이다
나의 영혼은 철저히 고립되었다

지금 나는
절망의 순간 때마다
스스로를 담금질했던 것처럼
담금질 중이다

지금 나는
어떠한 자유를 선택할 것인지
결정해야한다

그 자유의 모습이
힘차게 비상하는
가벼운 새의 모습이 좋을지
힘차게 박차고 달리는

육중한 야생마의 모습이 좋을지
선택해야 한다

지금 나는
담금질 중이다

님이 주신 연희(演戱)

하늘이 열리고
님이 내리신 동방의 이 땅에
며칠 낮, 며칠 밤을
노래와 춤으로 님을 섬기는
순박하고 신명나는 사람들이 살았습니다.

님은
노래와 춤과 음악과 놀이가
서로를 넘나들며
하나가 되어 융합하는
흥과 신명이 넘치는
멋들어진 예술을 주셨으니
그것을 연희라 하더이다.

기쁠 때나 슬플 때나
우리는
님이 주신

북, 장구, 징, 꽹과리 장단에 맞춰
구성진 노래를 부르고
탈춤을 추고 줄을 타고
열두 발 상모를 힘차게 돌렸습니다.

그러나 님이여
님이 주신 연희는
그 아름다운 연희는
일제(日帝)에 의해 철저히 갇혀버리고
나라는 찾았으나
서양 나팔소리에 안방을 내주고
행랑신세가 되었습니다.

그러나
우리 연희패들은 비바람을 맞아가면서
우리의 춤과 소리와 음악을 지켜냈습니다.

오늘은 연희패들이 모여
님이 주신 연희를
다시 이 땅에 꽃 피우고
세계 방방곡곡에

멋들어진 우리 연희의 판을 벌리려 합니다.

얼쑤! 대한민국 만만세!
얼쑤! 우리 연희 좋을시고!

5부 | 아름다운 인연

나의 멘토 홍윤식 박사

인간은 만남에 의해 형성되고 변화합니다. 오늘날 나를 이루고 있는 모든 것은 많은 이들과의 만남을 통해 형성되었다고 볼 수 있습니다. 물론 첫 만남은 부모님과의 만남입니다. 부모님의 유전자를 골고루 물려받았으니 나의 외모와 지능, 성격은 부모님께서 물려주셨음이 분명합니다. 부모님과 인생에서 첫 만남을 시작한 후 헤아릴 수 없이 많은 사람들과 만났습니다. 그 만남들 중에는 내 인생에 순풍을 가해준 좋은 인연도 있었고, 나의 행로를 가로막고 마음까지 황폐하게 했던 악연도 있었습니다. 사람들이 나에게 '당신의 인생에서 가장 큰 영향을 끼친 사람을 한 명만 선택하라' 묻는다면 주저 없이 홍윤식 박사를 선택할 것입니다. 그분만큼 내 인생에 커다란 영향, 그것도 순풍을 가해준 사람은 없습니다. 홍윤식 박사는 직장상사, 사제관계를 넘어 내 인생의 멘토이자 부모님과 같은 분입니다.

홍윤식 박사와의 인연은 그분이 1999년 2월 말로 동국대학교를 정년퇴직하고 바로 이어 3월 2일자로 내가 교감으로 재직하고 있던 서울국악예술중·고등학교 교장으로 부임하면서 시작되었습니다. 서울국악예술중·고등학교는 지금은 국립이 되었지만, 당시는 사립학교로서, 중앙대학교 총장을 거쳐 현재 청와대 교육문화수석으로 재직하고 있는 박범훈 교수가 학교법인의 이사장으로 활동하고 있었습니다. 당시 박이사장은 전통예술계의 거목인 홍윤식 박사를, 고등학교 은사라는 인연을 계기로 어렵게 설득해 학교장으로 초빙했던 것입니다. 박사님이 서울국악예술중·고등학교를 퇴임한 것이 2004년 중반이니 당시 교감이었던 내가 그분을 지척에서 모신 것은 5년 반이지만, 박사님이 학교를 퇴임한 후에도 나는 줄곧 그분과의 인연의 끈을 잠시도 느슨히 하지 않았습니다.

박사님이 교장으로 부임해 오면서 교감인 나에게 한 첫 조언이 전문교육기관의 교사이자 교감으로 전문적 역량과 예술적 안목을 높이기 위해서는 연구하는 자세와 끊임없이 정진하는 태도가 필요하다는 것이었고, 당신께서 대학원장을 역임하였고 퇴임 후에도 출강을 하던 동국대학교 문화예술대학원 진학을 권했습니다. 이

것은 나에 대한 애정과 진정성 있는 배려였으며, 그분의 조언을 받아들인 덕분에 오늘날 내가 문화예술계의 중진으로서 인정받으며 활동할 수 있는 중요한 계기가 되었습니다.

이렇게 낮 근무시간에는 학교장과 교감의 관계로 늘 함께하면서 자연스럽게 박사님이 평생을 통해 쌓은 문화예술 전반에 대한 지식을 공유할 수 있었고, 야간에는 대학원에서 줄곧 그분의 수업을 들었고 졸업논문 지도까지 해주셨으니 그야말로 나는 우리나라 전통예술 최고의 석학인 홍윤식 박사의 집중지도를 받은 행운을 잡은 셈이었습니다. 그래서 그분을 내 인생 최고의 멘토로 꼽는데 잠시의 망설임도 없습니다.

홍윤식 박사는 문화예술 분야에 대한 스승으로서 뿐만 아니라, 인생 전반의 멘토가 되어 주었습니다. 내가 31년간의 교직 생활을 마치고 사회에 나와 힘겨운 시간을 보낼 때 나의 어려움을 깊이 공감해주고, 스스로 역경을 딛고 일어설 수 있도록 충고와 격려를 아끼지 않았을 뿐만 아니라, 알게 모르게 실질적 도움도 아끼지 않았습니다.

그렇다고 나만이 그런 특별한 혜택을 받은 것이 아니라 박사님 주변에 있는 사람들은 모두 그러한 배려와 사랑을 받았을 것입니다. 그러면서도 박사님은 그들 각각에게 오직 자신에게만 특별한 분이라는 마음을 갖게 하는 강력한 카리스마를 갖고 있는 분입니다. 그 원천은 홍윤식 박사만이 가지고 있는 진정성 있는 배려심과 온후한 인격에 있다고 할 수 있습니다. 또한 박사님 사모님께서도 박사님 못지않게 박사님 주변의 사람들에게 많은 사랑을 베풀고 격려와 성원을 아끼지 않았습니다. 그래서 박사님 부부를 아는 모든 사람들은 진심으로 존경하고 따릅니다.

믿고 따르는 후학들도 많지만, 박사님은 정치, 사회, 교육, 문화, 종교, 언론 등 각계각층의 정상급 인사들과 풍부한 인적 네트워크가 형성되어 있습니다. 그들과 단지 서로 알고 지내는 사이가 아니라 인간적이면서도 긴밀한 유대감이 형성되어 있습니다. 그동안 내가 박사님을 보좌하면서 수많은 분들과 인연을 맺었으며 오늘날 나의 풍부한 인적 네트워크는 박사님에게 힘입은 바가 큽니다.

박사님께서 서울국악예술중·고등학교 학교장으로 부임하시어 제일 먼저 착수한 일은 학교의 정체성을 세우고 위상을 올곧게 세우는 일이었습니다. 그 일환으로 국악계의 거목이자 평생을 국악 중흥에 몸 바쳤던 학교 설립자이자 초대교장이셨던 기산 박헌봉 선생과 향사 박귀희 선생의 음악적 업적과 건학정신을 학교주도의 학술회의를 통하여 재조명하여 학교의 정체성을 세우고 미래의 학교가 나아가야 할 방향을 설정하는 작업을 시작했습니다.

또한 개교 40주년 민족예술대동제를 주관하면서 개교 40년사 편찬과 학술회의를 통하여 본교가 단순한 국악교육기관이 아니라 해방 후 민속악의 본산(本山) 역할을 수행해 왔음을 학문적으로 정리해, 민족사학으로서의 학교의 정체성을 바로 세움은 물론 학교의 위상 제고에 큰 기초를 놓았습니다. 아울러 본교 초창기에 근무하셨던 경기음악의 명인 지영희 선생의 업적을 기리고 민속악의 발전을 꾀하기 위하여 학술회의를 거쳐 '지영희예술제'를 만들어 평택시의 주력 문화행사로 육성하였습니다. 또한 당신께서 평생을 통해 구축한 해외 지역사회와의 네트워크를 활용하여 서울국악예술중·고등학교와 해외 학교들과의 자매결연을 성사시키고 발전시켜, 그들과 지속적인 국제교류를 통해 학교의 위상을 제고하는 데 이바지하였습니다.

사실 1960년 개교한 서울국악예술중·고등학교는 초대교장이자 설립자인 기산 박헌봉 선생님이 1971년 지병으로 학교를 떠난 후 홍윤식 박사님이 1999년에 취임할 때까지 근 30년 동안 암흑기였다고 할 수 있습니다. 박헌봉 선생께서 학교를 떠나신 이후, 홍윤식 박사처럼 학문적 역량, 인문학적 마인드, 미래를 대비할 수 있는 예견력을 가진 지도자가 바로 유지를 계승했더라면 보다 많은 인재를 배출하고 학교의 위상도 지금과는 사뭇 달라졌을 것이고 어쩌면 대한민국 전통예술의 지형도도 지금과 사뭇 달랐을지도 모릅니다.

홍윤식 박사님은 학교를 떠난 이후에도 서울국악예술중·고등학교에 대한 관심과 사랑의 끈을 버리시지 않고 학교를 도울 일이 있으면 도움을 아끼시지 않으셨고 학교 설립자인 기산 박헌봉 선생의 고향이자 당신의 고향인 경남 산청군에 '기산 박헌봉 선생 현창 사업회' 설립과 '기산 박헌봉 국악당 건립 추진위원회' 구성에 결정적 산파 역할을 했습니다.

30년 간 서울국악예술중·고등학교에 교사로 재직하였고, 그 학교를 나의 모교 이상으로 사랑했던 한 사람으로 지나간 날들을 되돌아보며 가장 아쉬웠던 점은 2004년도 당시 학교장이셨던 박사님이 학교를 이끌고 가던 학교법인 국악학원에 사직의사를 밝혔을 때 법인이 삼고초려의 자세로 박사님을 유임시키지 못했던 점입니다. 학교는 박사님 퇴임 이후 표류를 거듭하다 급기야 여러 불명예스러운 일을 겪었고, 2009년 국립화되었다고는 하나 또 한 차례 격랑에 휩싸여 표류하고 있으니, 박사님 퇴임 이후 정신적 지주 없이 다시 암흑기로 되돌아갔다고 판단되기 때문입니다.

홍윤식 박사님과의 만남은 나에게는 크나큰 행운이며 행복입니다. 나는 2010년 2월에 학교를 떠나 현재 문화재청 문화재전문위원, 서울시문화재위원으로 활동하면서 (사)전통공연예술연구소 소장을 거쳐 현재 노원문화예술회관 관장으로 일하고 있습니다. 또 한편으로는 동국대학교 한국음악과 겸임교수로 재직하면서 후학들을 지도하고 있습니다. 홍윤식 박사라는 인격과 지성을 갖춘 거목과의 만남이 있었기에 나는 그 그늘 밑에 성장할 수 있었습니다.

아버님과 같은 그분이 부디 오래오래 건강하게 사시기를 진심으로 기원해 봅니다.

나의 제자 소리꾼 오정해

4월 8일 우리 노원문화예술회관에서 영화배우이자 방송인으로 활동하고 있는 오정해씨의 '오정해의 스프링콘서트'가 열립니다. 내게는 오정해씨보다는 '정해'가 친숙한 명칭입니다. 왜냐하면 정해와 저는 25년 넘는 인연을 지속하고 있는 사제지간이기 때문입니다.

'정해'와의 인연은 80년대 중반 그녀가 서울국악예술고등학교에 신입생으로 입학하면서 시작되었습니다. 당시 그녀는 매우 우수한 성적으로 입학하였고, 이미 중학교 시절에 우리나라에서 가장 권위 있는 국악경연대회인 전주대사습놀이 학생부 경연대회 판소리 부문에서 금상을 수상한 재원이어서 입학 당시부터 그 재능을 인정받았던 학생이었습니다.

'정해'는 예고 진학을 위해서 혈혈단신 고향인 목포에서 올라와 소리 어머니이자 당대 최고의 판소리 명창이었던 故 만정 김소희 선생의 집에 기거하면서 학교에 다니게 되었는데 넉넉지 못한 가정형편과 어린 나이에 부모님 슬하를 떠나 객지에서 학교를 다녔던 탓인지 다소 위축되고 그늘진 분위기를 느낄 수 있었습니다.

교사로 재직하면서 나는 가정형편이 넉넉하고 학업성적이 뛰어난 학생들보다는 가정형편이 넉넉지 못하거나, 재능은 없어도 국악에 대해 열정이 있는 아이들에게 더 관심을 기울였고, 특히 그늘진 분위기의 학생들에게 보다 더 많은 관심을 기울였습니다. '정해' 역시 그러한 학생들 중 한 학생이었습니다.

그래서 방과 후 함께 교정을 거닐며 많은 대화를 나누었고, 소풍이나 수학여행을 가서도 함께 기념사진을 찍거나 음식을 나누어 먹었던 기억이 납니다. 당시 교무실에는 출판사에서 홍보용으로 보내온 참고서나 문제집들이 많았는데 나는 가정형편이 넉넉지 못한 학생들을 은밀하게 교무실이나 빈 교실로 불러 문제집이나 참고서를 건네주면서 학업에 정진하도록 격려를 해주었습니다. 물론 '정해'에게도 여러 번 참고서와 문제집을 챙겨 전해주곤 하였습니다.

'정해'는 3년간의 예고 학업을 마치고 중앙대학교 한국음악과로 진학을 하였고 그로부터 4년 후 1992년인 대학교 4학년 때 남원에서 열리는 미스춘향 선발대회에서 미스춘향 진으로 선발되었다는 소식을 접하게 되었습니다. 그로부터 1년 후 대가 임권택 감독에게 우연히 캐스팅되어 영화 서편제 주인공인 소리꾼 송화 역으로 출연하면서 대중들에게 영화배우로 알려지기 시작했고, 그 이후 영화 '태백산맥', '축제', '천년학'에 출연하며 국민배우로 위치를 굳혀갔습니다.

그 후 전문 방송인으로 큰 행사의 사회자로 활동하는 것을 지켜보며 한편으로는 대견스러웠지만 그녀가 전문예인인 소리꾼이라는 본연을 떠나 영화배우나 전문방송인으로 활동하는 것이 못내 아쉽고 안타까웠습니다. 그래서 그녀를 만날 때마다 이제는 소리꾼으로서 자신의 음악세계를 펼치는 것이 장기적으로 바람직하지 않겠느냐는 조언을 하였고, 그녀 또한 나의 충심이 담긴 조언에 고마워하곤 하였습니다.

아마도 그녀 또한 그 시점을 저울질하고 있었을 모양입니다. 그러다 내가 노원문화예술회관 관장으로 취임하면서, 그녀에게 우리 극장에서 그녀만의 음악세계를 펼쳐 보일 수 있는 콘서트를 갖자고 제안하자 그녀는 흔쾌히 수락했습니다. 그래서 우리 극장에서 진행된 공연으로 그녀가 본격적인 소리꾼으로 데뷔하게 되는 셈입니다. 무대에서는 '아리랑' '쑥대머리' 등 민요부터 판소리, 창작곡 등 다양한 레퍼토리를 들려주었고 당대 최고의 연주실력을 자랑하는 '앙상블 시나위'의 연주와 국립무용단 여미도의 춤이 곁들여진 품격 있고 멋진 공연이었습니다.

그녀가 나의 공연제안을 받아들여 콘서트를 여는 것만 해도 관장 입장에서는 고마운 일인데 노원구의 소외 계층을 위하여 자신의 출연료 전액을 기부하겠다는 뜻을 밝혀와 더욱 마음이 뿌듯해져 옵니다.

앞으로 그녀가 국내 최고의 소리꾼으로서 영원히 자리매김하기를 간절히 기원해 봅니다.

문화계의 마당발
삼성출판사 김종규 회장

삼성출판사 김종규 회장은 '한국 문화계의 마당발' 혹은 '문화계의 대부'라는 수식어가 붙어 다니는 분입니다. 1939년 생으로 대학 졸업 후 가업을 이어 삼성출판사에서 사회생활을 시작해 사장과 회장을 거쳐 평생을 출판계의 리더로 활동하셨을 뿐만 아니라 문화재위원, 한국박물관협회 회장, 서울세계박물관대회 공동조직위원장, 국립중앙박물관문화재단 이사장 등 문화 전반에서 폭넓게 활동하셨습니다. 고희(古稀)를 넘긴 지금도 문화유산국민신탁 이사장으로 왕성한 활동을 이어가고 있습니다.

제가 김회장님과 처음 인사를 나눈 것은 2000년경 은사이신 홍윤식 동국대 명예교수님을 통해서였고, 그 후 각종 문화행사에 참석해보면 어김없이 그 자리에 김회장님이 참석해 언제나 환한 미소로 반겨주시곤 했습니다.

그분에게는 저뿐만 아니라 모든 이들이 존경할 수밖에 없는 남다른 점이 있습니다.

첫째, 김회장님은 약주를 좋아하시면서도, 아무리 과음을 한 다음날이라도 이른 아침에 일어나서, 정상적인 생활을 하며 자신에게 맡겨진 책무를 꼼꼼히 수행하는 성실함입니다.

둘째, 말씀도 잘하시고 유머감각도 풍부해서 주위 분위기를 이끌어 가는 힘을 갖고 있으면서, 아무리 사소한 대화중에도 절대 허언이나 빈말이 섞여 있지 않다는 점입니다. 예를 들어 우리는 사람들과 만나 헤어질 때 "곧 연락드릴게요, 다시 만납시다." 혹은 "소주 한잔 같이 합시다"라는 형식적인 인사말을 건네고는 지키지 않는 경우가 허다한데, 김 회장님께 이 말을 들은 사람들은 오래지 않아 반드시 회장님의 연락을 받습니다. 어떠한 말이라도 자신이 내놓은 말은 반드시 지킨다는 것이 그분의 신조입니다.

셋째, 김 회장님은 자신의 집무실의 책상 위에 회장 직함이 적힌 명패를 올려놓지 않고 〈오늘〉이라는 명패를 올려놓고 있다는 점입니다. 자신이 회장이라는 것은 직원뿐만 아니라 사무실을 찾는 모든 이들이 아는 사실이기에 굳이 명패를 올려놓을 필요가 없다는 것입니다. 대신 〈오늘〉이라는 명패를 올려놓고, 매일 아침 스스로에게 최선을 다하여 오늘을 살겠다는 주문을 걸고 하루를 시작한다는 말을 듣고 큰 감명을 받은 적이 있습니다.

이런 훌륭한 분을 알고 지낸다는 것이 저에게는 행운이고 행복입니다. 아무쪼록 오래오래 김종규 회장님을 뵈었으면 하는 것이 저의 작은 소망입니다.

향기로운 남자
춘천 소양예술농원 최인규 촌장

어제는 강원도 춘천시 소양강가에 자리 잡고 있는 '소양예술농원'에 다녀왔습니다. 춘천으로 향하는 국도변 산야는 아름답게 단풍이 물들어 있었습니다. 시간에 쫓기며 사는 제 입장에서는 과분하게도 단풍구경을 다녀온 셈이지요. '소양예술농원'에는 올봄에 전통연희공연 〈사물놀이의 명인 김덕수와 함께 하는 전통연희축제 봄이 오는 물소리〉의 사회를 맡았던 관계로 처음 방문했고 이번 방문은 두 번째입니다. '소양예술농원'은 소양강댐 선착장에서 농원으로 가는 전용 배를 타고 건너가야 하고, 소양호가 내려다보이는 아름다운 자연을 배경으로 시민들의 휴식과 예술의 공간으로 자리 잡고 있습니다. 그곳에는 규모는 크지 않지만 1,000여 명의 관람이 가능한 야외극장과 2층 통나무집, 한옥을 본 딴 숙소, 벽난로가 있는 몇 개의 워크숍 공간과 소공연장 등이 있습니다.

'소양예술농원'에서는 수시로 국내 정상급 예술인들을 초청하여 '소양호 사계(四季)'란 타이틀로 무료 정기공연을 벌여오고 있습니다. '소양예술농원' 촌장 최인규 씨는 문화예술에 대한 열정과 노력이 대단한 분입니다. 최인규 촌장의 첫인상은 넉넉한 체구에 턱수염이 잘 어울리는, 한 마디로 편안한 동내 아저씨의 인상입니다. 그는 소양강댐의 수몰민으로 소양강댐 공사로 고향을 잃고 30여 년 전, 소양강댐 안쪽 능선에 자신만의 둥지를 틀었습니다.

그는 이곳에 문화예술 공간을 건립하겠다는 뜻을 세운 후, 지난 30여 년 간 손수 모래와 벽돌 등 건축자재를 실어 날라 강원도와 춘천의 문화명소인 오늘날의 '소양예술농원'을 구축하였으며 지금도 그 일을 계속하고 있습니다. 그의 강원도와 춘천사랑은 남다릅니다. 그가 '소양예술농원'을 구축한 목적은 강원도 도민과 춘천시민들을 위해 소양호의 아름다운 자연과 어우러진 문화예술 공간을 구축하고, 수준 높은 공연을 유치하여 문화향유의 기회를 제공하겠다는 것입니다. 지금은 지역시민뿐만 아니라 문화예술을 사랑하는 전국의 많은 문화예술 애호가들과 외국인들까지 찾아오고 있고 미국의 뉴욕타임즈가 선정한 세계 5대 아트 팜(Art Farm)으로 지정되는 쾌거를 올리기도 했습니다. 그럼에도 불구하고 정작 강원도와 춘천시의 관심과 지원으로부터 늘 소외되어 왔다고 하니 참으로 안타까운 일입니다.

최인규 촌장은 그동안 일군 연극, 전통공연예술, 미술계 등의 탄탄한 인맥을 바탕으로 한국의 대표적 예술가들을 '소양예술농원'의 무대에 세웠습니다. 판소리 명창 안숙선, 김덕수 사물놀이패, 공옥진, 박병천, 김대균 등 당대의 명인들이 그의 열정과 희생을 인정하여 출연료를 받지 않은 채 소양예술농원의 무대에 서는 것을 주저하지 않았다고 합니다.

언젠가는 소양예술농원이 강원도와 춘천시가 자랑하는 대표적 문화관광의 명소로서 자리매김하리라 굳게 믿으며 관심을 갖고 지켜보려 합니다.

파란 눈의 국악인 '해의만' 선생님

푸른 눈의 걸인? 무엇이 그를 행복하게 하는가?

서울 강서구의 한 도로변. 바삐 걷는 사람들 사이로 수상한 유모차가 느릿느릿 움직인다. 걸인을 연상케 하는 그는 유모차에 폐품과 얻어온 음식들을 담고 있었는데. 기억자로 굽은 허리를 힘겹게 피며 고개를 드는 그는 파란 눈의 외국인 할아버지다.

어떻게 말을 건네야 할지 망설이는 피디에게 능숙한 우리말로 "나는 해의만이에요"하고 인사를 건넨다. 국악 가락이 좋아서, 한국의 굿이 좋아서 귀화했다는 그. 초라한 행색에 이웃들은 모두 한결같이 말한다.

본국으로 돌아가시지…왜 이렇게 머나먼 타국에서 불쌍하게 여생을 보내는 걸까?

주워온 폐품으로 가득한 반 지하 월세 방은 쓰레기장을 방불케 하는데…

뜻밖에도 그는 '청소하지 않을 자유'를 애기한다. 음식을 얻어먹는 행위에 대해서도 '이웃에게 선물 받을 자유'라 대답한다. 더할 나위 없이 행복한 지금 이곳이 천국이라고 말한다.

그가 생각하는 행복은 무엇일까. 우리가 잊고 사는 것은 무엇일까?

— 큐브방송 기사 中

'해의만' 기역자로 굽은 허리에 파란 눈을 가진 외국인 노인으로 본명은 Allan. c. Heymann, 독일계 미국인입니다. 내가 해의만 선생의 면모에 대하여 처음 들었던 것은 서울국악예술고등학교 교감으로 재직했을 당시 교장이신 홍윤식 박사로부터였습니다. 해의만 선생은 외국인이지만 우리 국악에 대해 깊은 관심을 갖고 있었고, 국악예술학교 설립 당시부터 70년대 초반까지 출강하면서 '영어'와 '동서음악비교론'을 가르쳤습니다. 또한 끊임없이 우리의 국악이론을 연구하고 당대의 명인들로부터 장구 장단, 태평소(새납), 가야금 등 국악기 연주를 사사받았는데, 명인들의 음반 녹음 작업에 악사로 참여할 정도로 매우 훌륭한 실력을 자랑했다고 합니다. 하지만 무엇보다 그분의 가장 큰 업적은 국악 전반에 대한 영어번역 작업을 주도하여, 우리 국악의 이론

및 우수성을 세계에 알리는데 커다란 업적을 남겼다는 것입니다.

그런 그분을 꼭 만나보고 싶어 지인들에게 수소문도 해보았지만, 한국에 살고 계신지는 물론 생존해 있다는 사실 조차 확인하기 쉽지 않았습니다. 단지 접할 수 있었던 소식은 1998년 국악인 오정해 씨가 진행하던 'EBS—TV 어린이 국악교실'에 출연했다는 것과, 2001년 국립국악원 개원 50주년을 기념하는 자리에서 국악의 세계화에 기여한 공로를 인정받아 대통령 표창을 받았다는 과거의 족적뿐이었습니다.

그러다가 2007년 9월, 내가 부회장으로 있는 '무교학회' 창립식 때 해의만 선생을 처음 만나게 되었습니다. 무교학회 회장인 양종승 박사(국립민속박물관 학예연구관)가 무속학계의 대선배인 해이만 씨를 공식 초청하였던 것입니다. 그분을 만날 방법을 지척에 두고도 먼 곳으로만 시선을 돌린 셈입니다.

그날 그분에 대해 알게 된 것은 국악뿐만 아니라 우리나라의 무속연구에도 심취해, 우리나라 무속문화를 세계에 알리는데도 커다란 공헌을 했다는 것, 그리고 꾸준히 우리 전통문화예술의 영역(英譯) 작업을 계속했다는 점, 그리고 한국여인과 결혼해 슬하에 남매를 두었다는 사실입니다. 오랫동안 숙원했던 만남이라 많은 이야기를 나누며 친분을 쌓고 싶었지만 아쉽게도 그날 만남은 무척 짧았습니다.

그러던 어느 날 인터넷 서핑을 하다가 한 인터넷 방송 게시판에 올려진 해의만 선생님에 대한 기사를 읽고, 상당한 충격을 받았습니다. 사무실에 앉아 연구에 매진해야 할 분이 걸인 생활을 하고 있다는 내용이었기 때문입니다. 가족과 문제가 있었나 하는 생각도 들었지만 훗날 확인해보니 한국인 부인도 생존해 있었고, 남매는 사회의 중진으로 활동하고 있었습니다. 취재 당시 해의만 선생은 70이 넘는 나이에 혼자 자유를 만끽하고 싶어 가족과 떨어져 그렇게 생활하고 있었다고 하니 참 별난 분인 것은 분명하지만 한편으로는 자유로운 영혼과 용기에 부러운 마음이 들기도 했습니다.

얼마 전 그분과의 두 번째 만남이 이루어졌습니다. 내가 주관한 공연에 해의만 선생이 양종승 박사의 부축을 받으며 나타나셨던 것입니다. 마침 그날 공연장에서는 그분이 '국악예술학교'에서 가르쳤던 옛 제자이자 사물놀이의 원조 멤버인 최종실 교수와의 해후도 이루어졌습니다. 현재 국립전통예술중고등학교 총동문회 회장인 최종실 교수는 40년 전 은사인 해의만 선생과의 추억을 또렷하게 기억해 냈고, 선생이 궁핍하게 지내고 있다는 사실을 전해 듣고는 즉석에서 지갑을 털어 사은의 마음을 담아 금일봉을 전달하기도 했습니다. 그리고 '국악예술학교' 설립 50주년 기념식에서 선생을 초청해 공로상을 드릴 것을 약속하였습니다.

해의만 선생은 우리 전통문화가 좋아서 한국인으로 귀화하고, 평생을 국악과 무속학을 연구하고, 몸소 국악 연주자로서 활동했고, 우리 전통문화를 세계에 알리는데 지대한 역할을 한 분이기에 당연한 결정입니다. 나아가 오늘날 국악이 우리의 민족음악으로 세계에 인정받게 된 데에는 선생의 숨은 노고가 있었다는 것을 결코 잊어서는 안 될 것이며, 그 공적을 인정하여 문화훈장을 추서해도 부족하다는 생각을 합니다.

한국 전통예술의 세계화에 기여한
수잔나 선생

수잔나 샘스텍 오(Suzanna Samstag Oh) 선생은 미국 출신으로 미국의 명문대학인 조지워싱턴 대학을 졸업하고 미국 평화봉사단(Peace Corps) 마지막 기수로 1980년 한국에 들어와 봉사활동을 하다 한국전통예술을 처음 접하게 되었습니다. 그러던 중 김덕수 사물놀이패를 만나 그들과 14년 동안 함께 일을 하며 김덕수 사물놀이패의 세계화에 결정적인 기여를 한 공연기획자입니다. 또한 한국인 이상으로 우리나라 전통예술에 대해 무한한 애정과 해박한 지식을 갖고 있는 분이기도 합니다.

그녀는 뉴스위크 한국주재 기자, 남이섬문화원장 등 화려한 이력을 자랑하고, 지금은 대성그룹 상임고문으로 활동하고 있습니다. 또한 국내외 문화계 인사들과 풍부한 인적 네트워크도 구축하고 있습니다. 한국인 남편과 결혼하여 딸과 아들을 두고 있는데 자신의 딸에게 우리 전통음악을 가르칠 정도로 우리 전통음악을 사랑하는 고마운 분입니다.

공연예술계 인사들로부터 오래전부터 수잔나 선생에 대한 명성을 전해 들었지만 정작 처음 만난 것은 몇 년 전 김덕수 선생이 운영하는 광화문 아트홀 전통연희상설극장 개막식 리셉션장이었습니다. 선생과 처음 만난 날 내 차로 댁까지 모셔다 드린 것이 인연이 되어, 이후 여러 차례 만남을 가지며 우리 전통공연예술의 발전 방향과 전통예술교육에 관한 관심사에 대하여 많은 대화를 나누었습니다. 특히 우리전통예술의 세계화를 위해서는 중등전문교육 기관부터 학생들에게 전통예술과 관련된 단계별 외국어 교육이 필요하며, 우리 예술을 외국인들에게 교습시키기 위한 외국어 교재와 지도서 개발의 필요성에 대하여 서로 공감하고, 그러한 사업을 공동으로 착수하기로 약속을 하였습니다.

그 후 수잔나 선생과는 문화계의 동지로 공조를 하는 친숙한 사이로 발전하게 되었으며, 현대무용을 전공하고 요가 강사로 활동하고 있는 내 제자를 수잔나 선생에게 소개시켜, 나의 제자는 수잔나 선생과 그 가족에게 요가를 가르치고, 선생은 내 제자에게 영어로 요가

를 가르칠 수 있는 능력을 갖출 수 있도록 지도를 해주
고 있습니다.

지난 토요일, 내가 관리자로 있는 다음카페 〈조용한
숲 속 벤치〉 오프모임이 있었습니다. 많은 회원들이 참
석을 하였지만 참석하리라곤 전혀 예상하지 못했던 수
잔나 선생께서 딸과 아들을 대동하고 참석해 주어서 놀
라움과 함께 무척 기뻤습니다. 수잔나 선생과의 좋은
인연을 잘 가꾸어 나가 서로의 좋은 인간관계의 발전뿐
만 아니라 전통예술의 세계화를 위한 동지로서 함께 일
하고 싶습니다.

국악을 닮은 마에스트로 노태철

머칠 전 지휘자 노태철 선생님과 두 번째 만남을 가졌습니다. 노태철 선생은 동양인으로는 처음으로 오스트리아의 자존심이라 할 수 있는 비엔나 왈츠 오케스트라와 프라하 모짜르트 오케스트라의 지휘자를 역임한 바 있는 실력 있는 지휘자입니다. 현재는 러시아 타타르스탄 국립오케스트라의 지휘자를 맡고 있으면서 또 한편으로는 평택대학교에서 후학들을 가르치는 교수로 재직하고 계십니다.

선생은 매우 온유한 인상을 가진 분으로서 그 인상에 어울리게 미성의 목소리를 가진 분입니다. 게다가 감성도 매우 풍부하고 음악적 경륜과 식견이 탁월하여 지휘자로서는 딱 제격이라는 판단이 들었습니다. 음악가로서도 매우 훌륭한 자질을 보유한 분이지만 인성 또한 바르고 매우 인간적인 분이라는 인상을 강하게 받았습니다.

그와 대화를 해보면 그는 우리 국악에 대한 관심과 애정도 깊고 우리 국악의 음악적 원리를 이해하고 지식의 지평을 넓히고자 하는 의욕이 강하다는 것을 느낄 수 있어서 국악계에 30년간 몸을 담고 있었던 나로서는 균형 감각이 뛰어난 서양음악 예술가를 만났다는 행복감이 들더군요.

이런 훌륭한 분이라면 이 분의 음악적 지평을 넓히는데 내가 작게나마 도움이 된다면 힘껏 도울 생각입니다. 내 인생을 살아오면서 많은 만남이 있었습니다. 오늘 날의 내가 있기까지는 수많은 사람들이 지금의 나를 형성하는데 작게, 혹은 크나 큰 영향을 미쳤습니다.

돌이켜 보면 그 만남들 중의 어떤 만남은 내 인생의 행로에 결정적인 영향을 주었습니다.

노태철 선생님과 나는 서로 마음을 보다 크게 열고 만남의 기회를 자주 갖는다면 앞으로 서로 영향을 크게 주고받을 것입니다. 그분을 위하여 나 또한 노력을 하겠지만 그를 통하여 비교적 서양음악에 문외한인 나로서는 서양음악이라는 세계에 보다 더 가깝게 다가갈 수 있을 것입니다. 또한 외로운 인생길에 서로 힘이 되어주는 동지가 될 것입니다. 그래서 나는 무척 행복합니다.

한국남성발레의 교과서
발레리노 이원국

　오늘은 우리 노원문화예술회관 소극장에서 매월 열리는 '노원이원국발레단'의 '해설이 있는 발레'를 관람하였습니다. 노원문화예술회관의 상주단체인 '노원이원국발레단'을 이끌고 있는 이원국 씨는 러시아의 유명 발레단과 '국립발레단', '유니버설발레단' 등에서 약 20년간 최정상의 자리를 지켜온 '한국남성발레의 교과서', '살아있는 전설의 발레리노'로 불리는 분입니다.

　'노원이원국발레단'은 2004년 12월, 이원국 단장이 발레의 대중화를 위하여 창단했습니다. 이 발레단은 클래식 발레 뿐만 아니라 모던 발레 같은 다양한 장르의 공연으로 관객들에게 최고의 무대를 선보이고 있으며 그동안 '발레는 어렵다'는 인식을 깨뜨리고 관객이 보다 쉽게 즐길 수 있는 공연을 선보이며 큰 호응을 얻고 있습니다.

　'노원이원국발레단'은 2010년 4월 22일부터 노원문화예술회관 소공연장에서 매달 한 번씩 정기적으로 '해설이 있는 발레'를 시리즈 〈발레로 들려주는 12가지 사랑 이야기〉를 공연해 왔습니다. '해설이 있는 발레'는 유명한 작품들의 중요장면을 발췌하여 갈라 형식의 공연으로 진행되며 이원국 단장의 해설이 곁들여지는 재미, 감동, 그리고 지식을 함께 얻을 수 있는 공연입니다.

오늘 '노원이원국발레단'의 공연은 제가 관장으로 취임한 이후에 열리는 공연 중 첫 번째 공연인지라 일찍 객석에 자리 잡았습니다. 공연의 주인공인 이원국 단장의 명성은 익히 들어왔지만 실은 그가 춤추는 것을 직접 보지 못했기 때문에 더욱 관심이 컸습니다. 공연은 한마디로 감동, 그 자체였습니다. 막이 올라 내릴 때까지 1시간여 동안 16명의 발레리노와 발레리나가 펼치는 무대는 한 순간도 놓칠 수 없는 감동 그 자체였습니다. 특히 이원국 단장의 춤은 명성에 걸맞게 완벽함과 진지함 그 자체였습니다. 게다가 관객들에게 최고의 무대를 선보이려는 예술가로서의 자존심과 어렵게 느낄 수 있는 발레를 관객이 보다 쉽게 즐길 수 있는 공연을 선보이려는 그의 진정성을 느낄 수 있어 더욱 좋았습니다.

이원국 단장 같은 훌륭한 발레리노가 우리 문화회관의 동반자라는 것이 무척 자랑스럽습니다.

연극배우 전무송과 연출가 남육현

여자들은 남자가 당당하고 힘차게 일을 하는 모습이 가장 멋있다고들 합니다. 나는 역경 속에서도 자신의 일에 최선을 다하는 사람들의 모습을 좋아합니다. 꽤 오래전 내가 대학을 다닐 때의 일입니다.

당시 나는 영문과 과대표로 〈유진 오닐〉의 "Beyond the Horizon" 이라는 영어연극을 준비하고 있었는데 우리를 이끌어 주던 연출 선생님이 사정상 우리를 더 이상 지도할 수 없게 되었습니다. 선생께서는 자신의 절친한 친구인 연극배우 전무송 선생을 찾아가 부탁해 보라고 하였습니다. 전무송 선생은 지금은 누구나 다 아는 원로 연극배우이자 영화배우이지만 당시에는 무명배우로 국립극단에서 단원으로 활동하고 있었습니다.

그래서 나의 1년 후배 과대표이고, 지금은 〈유라시안 세익스피어 극단〉 대표를 맡고 있는 남육현 형과 다급하고 초조한 마음으로 국립극단으로 무작정 전무송 선생을 찾아 갔습니다. 연극이 막 끝나고 분장을 지우지도 못한 채 우리를 만난 전무송 선생은 자신은 연극배우이지, 연출가는 아니며 더욱이 영어로 된 연극의 연출은 더욱 곤란하다며 난감한 모습을 보였습니다.

그러면서도 진지한 우리들의 모습을 찬찬히 바라보며 그분 역시 안타까워하는 마음을 느낄 수 있었습니다. 억지까지 부리며 끈질기게 매달리는 우리에게 전무송 선생님의 마음이 움직였습니다. 결국 '그래, 함께 마음을 합쳐 노력해보자.'는 선생님의 허락을 받아냈습니다. 그날 이후 전무송 선생을 중심으로 우리 단원들의 연습이 시작되었습니다. 연습실이 따로 없어, 빈 강의실을 찾아 자리를 옮겼고, 강의실이 없을 때에는 학교 운동장의 흙바닥에서도 연습은 계속되었습니다. 그런데 내 평생 잊히지 않는 그날이 왔습니다.

그날은 비가 많이 온 후라 운동장이 온통 질퍽거렸습니다. 연극을 연습하기에는 너무도 조건이 좋지 않았지요. 우리는 질퍽거리는 흙을 피해가며 나름대로 연습을 진행하였습니다. 그러자 전무송 선생은 "지금 그것을 연기라고 하고 있는 거야? 그래가지고 연습이 되겠어? 내가 시범을 보일 테니 잘 봐!"하는 불호령이 떨어졌습니다. 그날 전무송 선생은 번쩍이는 구두에 잘 다려진 멋쟁이 하얀 바지를 입고 오셨는데, 흙바닥에 당신의 온 몸을 던져가며 시범을 보이는 것이었습니다. 우리는 깜짝 놀라기도 하였거니와, 연극에 임하는 우리들의 안이한 태도에 대한 부끄러움과 온 마음과 몸을 바쳐 연극에 임하는 선생의 진지함에 깊은 감명을 받았습니다.

그로 인하여 우리는 최선을 다하여 연습에 임하였으며 연극은 성공적으로 무대에 오르게 되었습니다. 지금 나는 비록 연극과는 다른 일을 하고 있지만 아직까지 전무송 선생과의 인연을 유지하고 있고, 그것이 인연이 되어 남육현 형은 셰익스피어 연극 연출에 평생을 바치게 되었지요. 이렇듯 자신의 일에 최선을 다하는 모습은 진정 아름답습니다.

진정한 끈기를 보여준 내 친구 박종일

어제는 부천무형문화엑스포 조직위원회 사무국에 정책자문위원으로서 첫 출근을 하였습니다. 사무총장, 차장, 본부장 등 안면이 있는 분들도 있었지만 50여 명의 사무국 직원들 중 대부분은 안면이 없어 서먹한 기분도 들었습니다. 하지만 각부 부장들과 인사를 하고 집무용 책상에 앉으니 그런대로 적응이 되더군요. 엑스포가 성공적으로 치러지도록 정책자문위원으로서 이름값에 어울리는 기여를 해야 한다는 부담감도 있지만 서두르지 않고 맡겨진 책무를 차근차근 해나가려고 합니다.

오후에는 친구 박종일로부터 오랜만에 만남을 제안하는 전화가 왔습니다. 부천 무형문화유산 엑스포 외에도 추진해야 할 일들에 대한 중간점검과 계획수립을 위해서, 시간을 쪼개야 하는 상황인지라 그의 사무실로 이동해 만나 이런저런 이야기를 나누었습니다.

친구 박종일은 고등학교 동창으로 중학교를 검정고

시로 통과하여 나이가 조금 아래였지만, 재학시절 줄곧 전교수석을 놓치지 않았으며 졸업 후 서울대학교 법과대학에 진학하여 동기들의 부러움을 한 몸에 받았던 친구입니다. 제가 친구 박종일을 좋아하게 된 이유는 그가 공부를 잘하는 수재였기 때문이 아니라 재학 시절 잊지 못할 추억이 있기 때문입니다.

제가 졸업한 모교는 일제 강점기 베를린 올림픽 마라톤 종목에서 금메달을 수상한 손기정 선생 등 굵직한 국제마라톤 대회에 입상한 마라토너들을 배출한 마라톤 명문 학교입니다. 그래서 육상종목을 집중 육성하였고, 매년 교내 운동장에서 장거리 마라톤 대회를 개최하는 전통이 있습니다.

육상부 선수든 일반 재학생이든 출전자격에 제한을 두지는 않았지만, 대부분 육상부 선수들이 출전을 하였고 평소에 장거리 달리기에 자신감을 가졌던 일부 재학생들도 출전하기도 했습니다. 평소에 달리기라면 자신감을 가졌던 나는 그 대회에 출전하였고 내 친구 박종일도 함께 출전했습니다.

마침내 마라톤 대회가 열렸고, 레이스 중반에 대부분의 일반학생 선수들은 지쳐 경기를 포기하였고, 육상부 선수들만 결승점을 향해 사력을 다해 뛰었습니다. 물론

저도 중반에 탈락하였지요. 그런데 내 친구 박종일은 육상 선수들과의 간격이 비교할 수 없을 정도로 뒤쳐졌으나 포기하지 않았고, 느리기는 하지만 일정한 속도를 유지하며 묵묵히 뛰었습니다. 결국 출전한 선수들이 모두 결승선을 통과한 후에도 박종일은 포기하지 않고 뛰고 또 뛰었습니다. 처음에는 그가 중도에 포기하고 쓰러질 것이라 예상했지만, 그의 집념과 근성이 보는 이들을 감동시켜 모든 재학생들이 박종일이 중도에 쓰러지지 않고 끝까지 결승선을 통과하기를 침묵 속에 기다렸습니다. 마침내 앞선 결승선 통과자보다 1시간도 더 늦게 내 친구 박종일이 결승선을 통과하자 마라톤 대회가 끝났고 그는 우승자보다 더 힘찬 박수를 받았습니다.

그 일이 있은 후 나는 그의 강한 인내심과 목표를 향한 끈질긴 집념에 탄복하여 그를 좋아하게 되었습니다. 세월은 흘러 고등학교를 졸업한 지 40년의 세월이 흘렀지만 그와의 우정은 수채화처럼 오늘날까지 잔잔하게 이어져 오고 있습니다.

아픔이라는 이름의 친구,
그를 기억하다

내 추억의 빛바랜 앨범 한 페이지에는 응어리같이 남아 있는 한 사람의 사진이 꽂혀 있습니다. 나는 그 사람을 내 유일한 친구라고 부릅니다. 그래서 친구라는 단어는 나에게는 보통명사가 아니라 고유명사와 같은 언어입니다. 다른 친구들이 들으면 섭섭해 할지도 모르지만 내 평생 진정한 의미의 친구는 그 사람뿐이기 때문입니다.

나의 학창시절은 무척 가난하고 불우했습니다. 고등학교에 진학하면서 금천구 시흥동 산동네 판자촌에서 혼자 자취를 하고 지냈는데, 돈이 없어 밥 굶기를 그야말로 밥 먹듯이 할 정도로 비참한 생활이었습니다. 그러다보니 영양상태가 좋지 않아 아침에 일어나려해도 의식은 있어도 손가락 하나 까딱 움직일 수 없을 때가 빈번하였고, 오후 한두 시에나 간신히 일어나, 라면 하나 끓여먹고 빈둥거리다 다시 잠자리에 들곤 했습니다. 그런 환경 속에서 학교를 다니다 보니, 자신감도 없어져 반 아이들과 잘 어울리지 못하고 있는 듯 없는 듯 지냈고, 결석도 빈번히 했던 그야말로 문제 학생이었습니다. 그런 나의 고등학교 시절에 처음 생긴 친구가 바로 그였습니다.

사실 그 친구는 1년 선배였지만 몸이 아파 1년을 휴학하고 복학을 했기 때문에 나와 같은 반이 될 수 있었고, 선배라는 티를 내지 않고 나를 친구로 받아준 그와 속이 잘 맞아 곧 단짝이 되었습니다. 당시 나는 경제적으로나 가정적으로 불우한 환경에서 성장하고 학교를 다녔지만, 그 친구는 정반대인 유복한 환경 속에서 성장하였고, 품성도 정이 많고 감성 또한 풍부한 친구였습니다. 그 친구는 나의 가장 친한 친구였지만, 자존심만은 살아 있어 그에게도 나의 불우한 처지와 모든 것을 털어놓지 않고 지냈습니다.

판자촌 생활로 내 체력이 한계에 다다를 무렵 나는 자취방을 인천으로 옮기고 인천에서 서울로 통학을 하기로 결심을 하였습니다. 인천은 나의 고향이기에 그곳에 가면 친지나 어릴 적 친구들이 살고 있었기 때문에 밥 한 끼라도 더 챙겨 먹을 수 있다고 판단하였기 때문

입니다. 그 친구는 내가 인천으로 자취방을 옮기자, 내
가 학교에 나가지 않는 날이면 멀리 인천에 있는 내 자
취방까지 찾아와 주곤 했습니다. 지금 같으면 인천은 서
울에서 매우 가까운 곳이지만 그 당시만 해도 인천은
그리 가까운 곳은 아니었습니다.

인천으로 거처를 옮겨도 내 일상은 별반 나아지지 않
았습니다. 이렇게 구차한 삶을 이어가느니 차라리 삶을
마감할까 하는 생각이 들어 몇 번이나 자살충동에 빠
져 밤을 지새웠던 적도 있었습니다. 결국 학교를 그만두
기로 결심하고 그날부터 무작정 학교에 등교하지 않았
습니다. 그러자 어느 날 밤 그 친구가 인천 자취방으로
나를 찾아왔습니다. 왜 학교에 나오지 않느냐고 다그치
는 그에게 나는 아무 말도 할 수 없었습니다. 이미 마음
이 얼어붙어 그 누구에게도 마음을 열 수 없었기 때문
이었습니다. 그 친구는 나의 그런 모습을 지켜보며 눈
물을 흘리며 나를 끌어안았습니다. 그의 진정한 우정은
얼어붙은 마음을 녹였고 그 다음날부터 다시 학교를 다
니게 하였습니다.

그는 전북 정읍 출신으로 부모님께서는 정읍에서 사
셨고, 그와 바로 밑 남동생만 시집간 서울 삼양동 누님
집에 살면서 학교를 다녔습니다. 나는 가끔 그 친구와

어울려 그 친구가 살던 누님 집에 들렀던 기억이 납니다. 방학이 되면 그와 나는 그의 부모님이 사시는 정읍에 내려가 며칠씩 함께 지내곤 했습니다. 그의 고향집에는 두 여동생들이 학교를 다니고 있었는데 중학생인 윗 여동생은 이성으로 호감이 생겨 말이라도 건네 보고 싶었지만, 워낙 새침때기라 쉽지 않았고, 나 또한 그럴 용기가 없어 친해질 분위기가 좀처럼 조성되지 않았습니다.

고등학교를 졸업 후 그와 나는 서로 다른 대학에 진학했지만 만남은 지속되었습니다. 그는 당시 신장염을 앓고 있어 자주 병원에 입원했는데 문병을 간 나와 몰래 탈출하여 막걸리를 먹던 일도 여러 번 있었습니다. 지금 생각하면 그로 인하여 그의 지병이 더 악화되지 않았던가 하는 후회스러운 마음이 듭니다. 그러던 중 내가 학생운동을 하다 강제징집을 당해 입대하였고, 일반하사로 편입되어 외출도 없이 7개월간 강도 높은 하사관후보 교육을 받게 되었습니다. 후보 교육을 받던 중에 친지들이나 후배들로부터 간간히 위문편지를 받는 것이 유일한 낙이었는데 가장 믿었던 그 친구에게는 편지 한 통이 없어 배신감과 섭섭함이 너무나 컸습니다. 그리고 마침내 교육을 마치고 첫 휴가를 나와 그 친구의 소식을 접하게 되었습니다. 그 친구는 내가 입대한 직후 지병이 급격히 악화되어 세상을 떠났던 것이었습니다. 그것도 모르고 그 친구를 원망했던 내가 너무나 미웠고, 그 친구의 아픔을 함께 해주지 못한 죄책감을 견디기 힘들었습니다.

일주일간의 짧은 휴가지만 나는 정읍행 열차를 타고 그의 고향집을 찾아 부모님께 인사를 드리고, 부모님과 함께 그의 위패를 모신 전주의 한 사찰에 들러 그의 명복을 빌어주었습니다. 그리고 그의 어머님께 먼저 간 친구를 대신해 아들 노릇을, 여동생에게는 친오빠가 못다한 오빠 역할을 다하겠노라고 굳게 약속했습니다. 그리고 약속대로 한동안은 정읍을 찾아 인사를 드렸고, 어머님 역시 먼저 간 아들이 그리우면 일부러 서울에 있는 나를 찾아주시기도 했습니다. 그 후 내가 취직을 하고 결혼도 하면서, 바쁘다는 핑계로 연락이 뜸해지더니 어느 순간 그의 가족과 연락이 끊어지게 되었습니다.

그러다 몇 년 전 정읍에서 개최된 전국민속예술경연대회 심사를 위해 정읍을 찾은 길에 시청 공무원들에게 가족들의 주소를 수소문해달라고 부탁해 실로 오랜만에 여동생을 다시 만날 수 있었습니다. 그리고 연락이 끊긴 사이 부모님께서는 모두 타계하셨음을 알게 되었습니다. 나의 무심함으로 부모님과도 같은 그분들의 장례식에 참석하지 못한 불효가 아직도 마음에 걸립니다. 대신 연락이 닿은 여동생과 그 두 딸들은 지금도 좋은 인연으로 맺어져 만나고 있습니다.

내 친구가 세상을 떠나간 지 40년이 되어갑니다. 그래도 그 친구는 내 마음속에 남아 영원한 청년으로, 진정한 친구로 따뜻한 미소를 머금고 나를 지켜보고 있습니다.

눈물 나는 그 이름, 공옥진 선생

얼마 전 '곱사춤'과 '병신춤' 등 1인 창무극(唱舞劇)의 명인으로 잘 알려진 공옥진(1931년생) 선생이 뇌졸증과 교통사고 후유증으로 예술 활동을 거의 하지 못하고, 몸져 누워 있다는 소식을 들었습니다. 공옥진 선생은 암담했던 7, 80년대 군사독재정권 치하에서 때론 눈먼 봉사로, 때론 동물처럼 신들린 듯 거꾸러지고 몸을 뒤틀며 사람들의 아픔을 표현해 수많은 관객을 웃기고 울렸습니다.

병들고 외로운 춤꾼의 사연이 방송을 통해 알려진 후 그녀를 무형문화재 예능보유자로 지정해야 하지 않겠느냐는 동정론이 언론을 통해 끊임없이 제기되고 있고, 유인촌 문화체육관광부 장관이 그녀를 위로하기 위해 직접 병문안을 다녀왔다는 기사를 접했습니다. 그리고 방문하였으며 전라남도 도청에서도 수개월 내 무형문화재 지정을 위한 현장 재조사에 나설 계획이라고 합니다.

하지만 안타깝게도 현재 그녀의 몸 상태는 고령과 오랜 지병으로 조사위원들에게 예능보유자 인정 실기평가를 위한 춤사위를 보여주기는커녕 서 있는 것조차 힘겨워 보인다고 합니다. 하지만 그녀의 상태를 차치하고라도 문화재위원인 나의 개인적 소견으로는 그녀가 무형문화재로 인정받기가 어려울 듯합니다. 그녀가 종목 지정 신청을 한 '1인 창무극'이 오랜 시간 동안 대대로 전승되어 온 전통예능이 아니고 그녀에 의해 창작된 예능이기 때문에 무형문화재 예능종목 지정요건에 맞지 않기 때문입니다.

내가 문화재청 문화재전문위원으로 활동하였던 2005년도에 문화재청으로부터 그녀의 전라남도 무형문화재 예능보유자 지정검토의견서를 요청받은 적이 있었습니다. 나는 그 당시 그녀의 '1인 창무극'이 무형문화재로 인정받는 것은 무리이지만, 그녀의 판소리 예능이 무형문화재 예능보유자로 인정을 받기에 충분하다고 판단하여 '판소리'로 무형문화재 예능보유자로 인정해주는 것이 타당하다는 의견서를 작성하여 제출한 적이 있습니다. 당시 내가 제출했던 의견서의 전문은 다음과 같습니다.

공옥진(1931년생)은 전남 승주군 출신으로 동편제 판소리의 명창인 공창식의 손녀이자 명창 공대일의 차녀이다. 그녀는 13세부터 아버지에게 단가와 판소리 등을 배웠으며, 아버지 이외에 명창 임방울, 김연수, 박록주 등으로부터 소리를 배웠다. 공씨는 〈흥보가〉를 아버지 공대일 명창한테서, 〈심청가〉는 아버지와 고 김연수 명창한테서 배웠다. 그녀는 어렸을 때부터 창극단의 아역으로 출연하였으며 17세 때(군산)·23세 때(정읍)·27세 때(고창) 각각 명창대회에서 수석을 차지하였으며 오랜 예술 활동을 통하여 자신의 기예를 연마하여 무형문화재 판소리 예능보유자의 반열에 오를 충분한 예술적 소양을 갖추고 있음에도 불구하고 아직 무형문화재 예능보유자로 지정을 받고 있지 못하고 있다.

다만, 그녀가 60년대부터 조선조의 광대극에 연원을 두고 독자적으로 발전시킨 '1인 창무극'이 워낙 대중적인 인지도가 높아 그녀의 판소리 공력에 대한 인지도가 낮으나 그녀의 가계가 말해주듯이 그녀의 판소리는 동편제의 효시 송흥록의 정통성을 면면히 이어 받고 있다. 그녀는 판소리와 전통춤, 연기에 두루 정통한 기예를 갖추고 있으며 국악의 대중화에 크게 이바지하였다. 또한 그녀의 판소리에는 소리의 예술적 탁월한 기량뿐만 아니라 우리 전통음

악의 특질인 악가무가 자연스럽게 용해되어 있어 그녀의
판소리는 보존 및 계승 가치가 크다.

공옥진 명인은 현재 75세의 고령으로 그가 세상을 떠나
면 전라남도 판소리 명문 가계를 이어 받은 그녀의 판소리
가 보존·계승되지 못할 가능성이 많으며 그녀가 발전시킨
탁월한 예술 세계도 그대로 소멸될 가능성이 많아 시급히
전라남도 지방무형문화재 판소리 예능보유자로 지정하여
전수체계를 만들어 주어야 하며, 그녀가 보유자로 지정된
다면 전수체계의 성립으로 전라남도 지방의 무형문화재의
온전한 전승과 국악의 활성화에도 크게 기여할 것으로 판
단된다.

팔순 고령인 명인 공옥진은 한 시대를 풍미하였던 그
녀의 '1인 창무극'의 전승자도 남기지 못한 채 언제 우리
곁을 영영 떠나갈지 모릅니다. 현재의 무형문화재 지정
제도는 예능보유자를 통해 그 원형을 보존하고 전승하
는 순기능을 한 것은 인정해야겠지만, 이 제도가 일부
국악인들의 문화 권력을 형성하고, 전통공연예술의 건
전한 발전에 역기능을 한 것도 사실입니다.

현 무형문화재 제도는 예능보유자에게 과도하게 권력
이 집중되어 있어, 보유자에게 줄서기를 강요하고 있으

며, 보유자의 전승체계에 포함되지 못하고 있는 다수의 예능인과 전승자들은 국가의 보유자에 대한 신분적 권위 부여와 보호에 의해 상대적으로 불이익을 받게 되는 양상이 심화되고 있습니다. 또한 무형문화재로 종목이 지정되지 못한 무형문화유산 중에서도 보존 및 전승 가치가 큰 종목들이 많은데, 종목 지정이 되지 못함으로 인하여 보호·지원에서 제외되어 전승의 단절 위기에 처하는 심각한 부작용을 낳고 있습니다.

어쩌면 명인 공옥진은 무형문화재 제도의 철저한 피해자일지 모릅니다.

국악운동의 선구자
故 기산 박헌봉 선생

기산 박헌봉 선생은 한평생을 민족예술 부흥에 헌신한 분으로, 1906년 경남 산청의 유림 가문에서 태어나 일제강점기에는 민족정신의 고양으로 국악을 지켰고, 광복 이후에는 민족음악에 대한 지배계층 음악 중심의 전근대적 인식을 탈피하여, 국악의 정체성을 민속음악 중심으로 확립하는 데 기여하였습니다. 그는 이와 같은 국악의 정체성을 바탕으로 향사 박귀희 선생 등 국악 명인들과 함께 1960년 현 국립전통예술중고등학교의 전신인 '국악예술학교'를 설립하고 초대교장을 역임한 국악계의 큰 스승입니다.

또한 그는 전국에 흩어져 인멸되어 가고 있던 민속예술을 발굴하여 무형문화재로 지정하여 보존하게 함으로써 국악예술의 폭을 넓히고 깊이를 더하게 한 공적이 뚜렷한 분으로서 오늘날 국악이 전통예술의 중심에 설

수 있게 된 데에는 박헌봉 선생의 헌신적인 노력이 그 밑바탕을 이루고 있다고 할 수 있습니다.

얼마 전 나는 남사예담촌에서 개최된 기산 박헌봉 선생 생가 복원 건립 고유제 참석차 산청에 다녀왔습니다. 선생의 생가를 복원하는 것은 그분의 위대한 국악운동 업적과 생애를 기념하고, 더 나아가 '민족예술의 창조적 발전'이라는 선생의 유지를 계승하기 위함입니다. 또한 국악의 발전과 산청군의 문화발전을 위하여 관람, 공연, 전시, 교육, 관광 등의 다목적 문화체험 공간으로 개발한다는 마스터플랜이 세워져 있습니다. 생가 복원이 이루어지면 선생의 유품 및 업적 전시관, 대청마루 극장과 마당극장, 연수시설 및 연습공간, 한옥체험 공간 등이 들어서게 될 것입니다. 선생의 생가 복원을 위한 37억 5천만 원의 건립 재원을 마련하고, 건립 고유제가 있기까지 참으로 길고 긴 여정이었고 여러 국악계 인사가 고군분투한 결과입니다.

선생이 세상을 떠난 후 잊혀져가던 선생의 업적을 상기시키고, 유지를 계승해야 한다는 주장을 한 분은 바로 나의 스승 홍윤식 박사입니다. 홍윤식 박사는 선생께서 설립한 국악예술학교 초창기에 역사교사로 재직하면서, 당시 문화재위원직을 맡고 있던 기산 선생님을 지척에서 보좌하여 함께 힘을 모아 잊혀져가던 수많은 무형문화재를 발굴해 국가중요무형문화재로 지정하는 데 크나큰 역할을 하셨습니다. 그 후 대학으로 자리를 옮겨 대학 강단에서 역사학과 교수로 재직하다 정년퇴임을 하고 다시 국악예술학교의 후신인 서울국악예술중고등학교 학교장으로 부임해 벌인 첫 사업이 잊혀져가던 기산 선생의 업적을 다시 일깨우는 작업이었습니다.

당시 홍윤식 선생 밑에서 교감으로 일하던 나는 기산 선생의 업적을 기념하고 유지를 계승하려는 교장 선생님의 뜻을 구체화시키기 위하여 당위성과 논리를 개발하고, 상당히 긴 기간 동안 많은 곳을 찾아다니고 많은 사람들을 만나 그들을 설득하고 도움을 요청하였습니다. 그러한 우리의 마음과 행동이 기산 선생님이 설립하신 예술학교 총동문회와 선생이 태어난 산청군 관계자들을 한 마음으로 만들어 노력한 결과 재원을 확보할 수 있었고 선생님의 생가 복원을 위한 고유제까지 이루어 내게 되었습니다.

생가 복원 고유제가 있기까지 총동문회 회장인 최종실 교수와 산청군 이재근 군수, 산청 출신으로 기산 선생의 일가이기도 한 박계동 전 국회의원의 공로가 가장 컸습니다. 선생 생가 복원 건립과 운영을 위한 구체적인 마스터플랜은 내가 운영하는 (사)전통공연예술연구소에서 세우기로 했습니다. 그래서 개인적으로도 큰 보람이요, 기쁨입니다.

우리나라 전통공연예술의 상직적인 장소가 될 기산 박헌봉 선생 생가 복원이 원래의 마스터플랜대로 이루어지고 운영되기 위해서는 기산 선생의 제자, 전통공연예술계의 원로 및 예술인 전통예술 관련 학자들, 산청군 공무원과 군민 모두가 사적인 욕심과 집단 이기심을 버려야 함은 물론입니다.

국립전통예술고등학교의 어머니
故 향사 박귀희 선생

국립전통예술고등학교 설립의 양 날개를 꼽으라 하면 한쪽은 기산 박헌봉 선생이이고, 또 한쪽은 향사 박귀희 선생입니다. 오늘은 향사 박귀희 선생의 15주기 추모식이 우리학교 향사기념관에서 열렸습니다. 선생님의 제자인 박범훈 총장과 김덕수 총동문회장 등 내빈들이 참석하였고 재학생들과 교직원들이 한자리에 모여 선생의 업적을 기리고 추모하였습니다.

향사 박귀희(본명 오계화) 선생은 기산 박헌봉 선생과 국립전통예술고등학교 설립에 중추적인 역할을 한 분입니다. 기산 박헌봉 선생이 아악(궁중음악)에 비해 부당하게 폄하되었던 민속악에 대한 사회적 인식을 전환시키고, 보존과 계승·발전을 위한 지원을 얻기 위하여 이론을 정립하고 행동으로 투쟁하였다면, 박귀희 선생은 손꼽히던 당대의 명창으로 편안한 삶을 살 수 있었음에도 불구하고, 예술 활동과 사회활동을 통하여 박헌봉 선생과 함께 민속악중흥운동에 나섰습니다. 또한 민속악의 발전과 교육발전을 위해서라면 자신의 모든 것을 버릴 정도로 실천하는 삶을 사셨던 분이었습니다.

선생께서는 박헌봉 선생과 함께 학교를 설립한 후에도 학교 운영과 발전을 위해 희생적인 노력을 아끼지 않았습니다. 국가의 지원이 미비했던 때라 재정난으로 학교가 존폐 위기에 처할 때마다 자신의 사재를 아낌없이 헌납하여 학교를 회생시켰습니다. 1988년 좁고 낡은 석관동 교정을 버리고, 금천구 시흥동 소재 국립전통예술고등학교(당시 서울국악예술고등학교)로 신축이전을 할 때에는, 재원마련이 교착상태에 빠지자 당신께서 가지고 있던 운당여관(당시 시가 약 20억 원)을 기증하여 1992년에 현 교정에 터를 잡게 되었던 것입니다.

오늘날 멀리 안양천이 보이고 적당히 산을 끼고 있는 녹지가 도시와 균형 있게 시야에 들어와 많은 이들이 부러워하는 관악산 기슭의 국립전통예술고등학교 교정은 그녀의 결단이 있었기에 가능했던 일입니다. 그리고 73세가 되던 1993년 초에는 자녀들에게는 재산을 한 푼도 상속하지 않고 오로지 학교발전기금으로 운니동 사택(200평) 및 대지와 현금 전액을 기증하고, 1993년 7월 14일 유명을 달리하셨습니다. 요즘 유행하는 '노블리스 오블리주'의 표상으로 불리기에 충분한 분입니다.

이제 당신께서 설립하신 민족사학이 국립학교로 우뚝 서게 되었으나 이름만 국립학교가 아니라 이름에 걸맞게 한국을 대표하는 전통예술 영재교육기관으로 거듭나는 것이 선생의 유지를 온전히 받드는 길이라 생각합니다.

전통예술 교육방식의 모범을 제시한
故 지영희 선생

오늘은 故 지영희(본명: 池千萬) 선생의 음악적 업적을 재조명하기 위해 평택남부문화예술회관에서 개최된 '제1회 지영희 선생 전국학술대회'에 지정토론자로 참석하기 위하여 평택을 다녀왔습니다. 선생은 피리, 해금, 장구, 호적, 대금 등 연주뿐만 아니라 무용까지 근대 한국 전통음악과 공연문화에 이르기까지 큰 업적을 남긴 예인이자, 전통음악을 후대에 전수하여 많은 음악인을 길러낸 위대한 교육자입니다.

기조강연을 맡은 중앙대 박범훈 총장, 학술회의 위원장을 맡은 중앙대 최태현 교수, 주제발표를 맡은 중앙대 노동은, 최상화 교수, 토론자로 나선 중앙대 전인평 교수와 오랜만에 만나 반갑게 인사를 나누고 토론에 임했습니다. 방청석에는 평택시청 관계자들, 평택시 지역인사들과 예술인, 석박사 과정을 밟고 있는 학생들이 다

수 참석하여 끝까지 진지하게 주제발표와 토론을 경청해 주었습니다.

1908년 평택시 포승면 내기리에서 출생한 선생은 평택시가 낳은 대표적 문화 인물이자, 서울국악예중·고의 전신인 '국악예술학교' 개교 초창기 교직원으로 재직하면서 현재 한국의 대표적인 전통 음악가들을 양성한 분입니다. 그래서 1999년 당시 서울국악예고 교장으로 봉직했던 홍윤식 박사와 교감으로 재직했던 내가 평택시장과 회동하여 지영희 선생을 기념하는 사업은 명분이 뚜렷한 일이며, 중요한 일이라는 것을 역설하여 평택시의 지원을 이끌어 냈고, 평택시 관계자들의 협조를 얻어 1999년부터 한해도 거르지 않고 평택시에서 '지영희 예술제'를 치를 수 있었는데 오늘은 그동안의 성과를 점검하는 학술대회입니다.

내 지정 토론의 파트너로 주제발표를 한 이보형 선생은 경기음악의 명인이자 음악교육자인 지영희 선생이 소멸위기에 처한 경기음악의 온전한 보전과 계승을 위한 기반을 구축했을 뿐만 아니라 전통음악교육에 끼친 지대한 업적을 강조했습니다. 저는 이에 대해 선생의 '국악예술학교'에서의 전문교과 교육방식은 악·가·무(樂·歌·舞)가 융합된 통합교육 방식이었으며 그에 의하여 교육받은 제자들이 오늘날 한국을 대표하는 정상급 전통음악가로 성장했으니, 그의 교육방식은 성공적이었다는 것이 검증되었고, 오늘날 국악전문교육의 교육방식도 그가 실시하였던 통합교육방식을 벤치마킹해야한다고 주장하였습니다.

지영희 선생이 열정적으로 제자교육에 헌신했던 작은 규모의 사학 '국악예술학교'는 이제는 외형적으로는 '국립전통예술중·고등학교'라는 명칭으로 어엿하게 국립화되었습니다. 그러나 그분의 교육방식은 온전히 계승되지 못하고 있으며, 건학의 정체성도 흔들리고 있다고 생각합니다. 이 지경까지 오게 된 것에 대해서는 책임져야 할 사람이 있을 것입니다.

학술대회를 마치고 집으로 돌아오면서 '민족예술의 창조적 계승'이라는 건학이념 아래 험난한 역경을 이겨온 학교가, 아직도 풍랑 속을 헤매고 있는 현 상황에 안타까움과 분노심이 치밀어 오릅니다.

당대 최고의 연주가 이생강 선생

현재 전통음악의 연주가들 중에는 연주를 듣다 보면 '정말 음악을 가지고 논다'라고 느낄 정도로 우리 전통음악의 '멋'과 '맛'을 제대로 표현해 내는 최고의 기량을 갖춘 정상급 명인들이 더러 있습니다. 각 분야에서 모두 둘째가라면 서러워할 그 분들이 들으면 서운하게 들릴지도 모르지만, 이 시대 최고의 연주 명인을 꼽으라 하면 나는 주저 없이 '죽향 이생강' 선생을 꼽습니다.

언젠가 평소에 존경하는 한 국악계 원로로부터 이생강은 100년에 한 번 태어날까 말까 한 최고 기량을 갖춘 명인이며, 그와 동시대를 살고 있다는 것은 행운이라는 말을 들은 적이 있었는데, 그 말에 전적으로 동감하는 이들이 많을 것이니 이는 비단 제 생각만은 아닐 것입니다. 흔히 인간문화재로 일컬어지는 국가중요무형문화재 제45호 대금산조 예능보유자 '이생강'선생은 대금 연주뿐만 아니라 피리, 단소, 태평소, 소금, 퉁소 등

전통 관악기 연주에 있어서는 어느 것 하나 당대 최고가 아닌 것이 없습니다. 그만큼 그는 타고난 '관(管)잽이'입니다.

그러나 타고난 재능이 있다고 명연주가가 될 수 있는 것은 아닙니다. 그의 오늘이 있기까지에는 선대 명인들로부터 혹독한 전수과정과 뼈를 깎는 고통이 수반된 자신과의 처절한 싸움이 있었기에 가능했던 일일 겁니다. 도대체 무엇이 명인 이생강을 만들었을까요?

그의 음악적 행적을 살펴보면 박종기, 한주환 등 스승이자 선대 명인의 음악 원형을 박제해 놓은 듯 똑같이 전승하는 데에만 충실했던 것이 아니라 선대 명인의 음악적 강점은 더욱 발전시키고, 약점은 보완하여 자신만의 음악적 색깔이 담긴 '이생강류 대금산조'를 완성했기 때문입니다. 또한 그는 전통음악이 현대인의 정서와 보다 가깝게 소통할 수 있도록 주위의 비판에 아랑곳하지 않고, 우리나라 최초로 국악과 양악의 퓨전음악 물꼬를 처음으로 열었습니다.

선생이 1937년생이니 벌써 고희를 훌쩍 넘겼지만, 내가 선생을 처음 만난 30년 전이나 지금이나 늙었다는 생각이 별로 들지 않을 정도로 그 모습 그대로 유지한 채 연주가로 왕성한 활동을 멈추지 않고 있습니다. 또한 막대한 사비를 들여 문화유산인 전통 가무악(歌舞樂)의 원형보존과 전승을 위한 멀티미디어 제작 사업을 정열적으로 추진하는 등 몸과 마음 모두 전혀 늙을 생각을 하지 않는 것 같습니다. 선생의 연주를 하루라도 더 듣기 위해서, 그리고 선생께서 추진하는 사업들이 더욱 빛을 발해 전통공연예술이 진일보할 수 있도록 선생이 무병장수하시기를 기원해 봅니다.

『몽혼』의 이옥봉과 서도명창
한명순 선생

황해도 무형문화재 선소리산타령 예능보유자인 한명순 선생의 〈한명순의 이옥봉 수심가 발표회〉가 있다고 해서 창덕궁 소극장을 찾았습니다. 선생은 서도소리 명창인 故 김정연 선생의 문하생으로 평생을 서도소리 전승을 위하여 헌신해 온 예인입니다.

창덕궁 앞 국악로에 자리 잡고 있는 창덕궁 소극장은 전통양식 그대로의 전통공연예술 작품을 공연하기에 어울리는 우리나라의 몇 안 되는 구조를 갖춘 소극장입니다. 또 소장으로 있던 전통공연예술연구소와 그리 멀지 않은 곳에 자리 잡고 있어 산책하는 기분으로 창덕궁 돌담길을 따라 걸어갔습니다.

공연은 허난설헌과 황진이에 버금가는 뛰어난 조선시대 여성 시인이자 중국에까지 그 이름이 알려졌던 이

옥봉(李玉峯)의 시 낭독회로 시작되었습니다. 낭독회에
서는 연극배우 김왕근 선생이 단소 명인 허용업 선생의
반주를 배경음악으로 이옥봉의 대표작인 〈이별의 괴로
움〉과 〈눈을 노래함〉낭독을 시작으로 무용가 김현정 선
생이 고운 한복을 입고 이옥봉으로 분하여 등장한 안
무에 맞추어 연극배우 윤주희 선생이 이옥봉의 시 〈이
별의 슬픔〉과 〈이별의 쓰라림〉을 차례로 암송하였는데
공연 내내 마치 한 편의 드라마를 보는 것 같았습니다.
잠시 당시의 낭독을 소개하자면

님 떠난 내일 밤이야 짧고 짧아도
님 계신 오늘 밤은 길고 길었으면
닭 울어 날 새고, 님 떠날 채비
두 뺨에 흐르는 천 갈래 눈물….

이라고 윤주희씨가 〈이별의 괴로움〉을 낭송하자

깊은 정 속내를 어찌 쉽게 털어놓을까
말하고자 하다 다시 부끄러워
님이 혹시 내 소식 물으신다면
옛 단장 그대로 다락가에서 외롭다 하소서.

라고 김현정씨가 〈이별의 쓰라림〉으로 시 낭송을 이어받았습니다. 극적인 낭송회가 끝난 후 2부에서는 서도소리 명창 한명순 선생이 이옥봉의 대표작 〈몽혼〉에 곡을 붙인 '수심가'를 불렀는데 애잔하고 예술성 높은 서도소리의 진수를 맛볼 수 있는 수준 높은 공연이었습니다.

특히 이 공연은 문학평론가인 하응백 선생이 이옥봉의 시 33편을 모아 해설과 함께 편저한 시선집 〈이옥봉의 몽혼(夢魂)〉, 그리고 소설가 조두진 선생이 이옥봉의 시와 삶을 소재로 집필한 소설 〈몽혼〉의 출판 기념회를 겸하여 펼쳐졌습니다. 그래서 이 공연은 문학과 극, 그리고 우리 소리가 어우러진 융합형 공연예술의 새로운 모형을 보여주는 매우 뜻 깊은 공연으로서 기억될 것입니다.

명인 이광수, 최종실 선생

남산 한옥마을에 자리 잡고 있는 남산국악당 개관 1주년 기념축제 '치세지음(治世之音)'의 마지막 날 공연으로 펼쳐진 사물놀이 원년 멤버 이광수, 최종실 선생의 합동공연을 관람하였습니다. 작년 11월 개관한 서울 남산국악당은 1년 동안 전통예술의 모든 분야를 아우르는 기악, 성악, 무용, 명인, 명창 중심의 공연의 장을 펼쳐 왔습니다.

치세지음이란 세상을 다스리는 소리라는 뜻으로 서울의 상징이라 할 수 있는 남산의 맑은 기운과, 옛 선조들의 삶의 희로애락이 배어 있는 전통예술이 만나 세상을 다스리는 소리축제로 거듭나는 것을 의미한다 하니 기막힌 작명이라 할 수 있습니다.

어제의 공연은 개관 1주년 기념축제 마지막 공연으로 1부는 이광수 선생과 문하생들이 함께 하는 문굿(마을 농악대가 각 집의 대문 앞에서 행하는 굿)과 선생의 비나리와 사물놀이 연주로 진행되었고 2부는 최종실 선생 제자들의 창작타악 연주에 이어 선생 자신의 '소고춤'과 판굿(걸립패나 두레패들이 넓은 마당에서 갖가지 풍물을 갖추고 순서대로 재주를 부리며 노는 풍물놀이)으로 구성되었습니다. 사물놀이 원년 멤버인 이광수 선생과 최종실 선생은 명인 김덕수 선생과 더불어 나와 비슷한 연배로 내가 이들을 처음 만났던 것은 1978년 사물놀이가 처음 시작되었던 종로 돈화문 옆 공간사랑 소극장에서였습니다. 당시에 내가 근무하던 건축 전문지 '공간'이 공간사랑 소극장과 붙어 있었기에 그들과의 만남은 자연스러운 것이었으나, 그때만 하더라도 내가 국악에 별로 관심이 없었기에 그들이 연습하고 공연하는 소리는 그저 업무를 방해하는 소음으로 들렸던 것으로 기억합니다. 하지만 지금은 그들은 무대 위의 세계적인 전통연희예술가로 자리매김하고 있고, 나는 학술적인 면에서 문화재전문위원으로 함께 전통예술계의 일원이 되어 있고, 함께 '사단법인 한국전통연희단체총연합회' 이사로 뜻을 공유하고 일을 하고 있으니 세상의 인연이란 참으로 오묘한 것입니다.

이광수 선생은 1부에서 비나리의 명인답게 호소력 강한 구성진 비나리로 관객들의 마음을 사로잡았으며 사물놀이 연주를 통하여 당대 최고의 꽹과리 연주 실력을 유감없이 보여 주었습니다. 2부 무대에 선 최종실 선생은 농악의 벅구놀음(농부들이 소고를 치면서 하는 풍물놀이)에 사용된 독특한 춤사위와 가락을 편곡해, 경쾌하고 절도 있게 몰아치는 장단과 섬세한 발디딤새, 그리고 역동적인 춤사위로 짜임새 있는 무대를 구성하여, 최종실류 소고춤이라 불러도 될 만큼, 독보적인 명인으로서의 실력을 유감없이 보여주었습니다.

어제 공연이 끝나고 최종실류 소고춤의 보존 및 안정적 전승을 위하여 그의 소고춤을 문화재로 지정해야 한다는 의견을 여러 사람이 제기했습니다. 저 또한 그의 소고춤은 예술적 가치가 매우 커서 보존·전승할 가치가 매우 크다고 생각합니다. 하지만 현재의 상황은 그가 세상을 떠나면 그의 소고춤도 사라질 수밖에 없습니다.

문화재로 지정하기 위해서는 역사적, 예술적, 학술적 가치 모두 인정받아야 합니다. 최종실류 소고춤의 원형이 완성된 것은 90년대 초반입니다. 산술적 연도로만 보면 역사적 가치에 문제가 될 수 있으나 그의 소고춤이 완성되기까지 삼천포 농악부터 4대에 거쳐 내려온 그의 가계의 학습과정을 생각해 보면, 역사적 가치에 대해서도 신중한 검토와 진지한 토론이 있어야 할 것 같습니다.

풀피리의 명인 오세철 선생

유난히도 추웠던 겨울이 가고 봄이 왔음을 처음 알린다는 생강나무 가지에 매달린 가녀린 노란 꽃망울들이 아직은 쌀쌀한 바람 속에 가냘프게 흔들리고 있습니다. 하지만 대부분의 나무들에도 아직 새잎이 돋아나지 않았지만 줄기와 가지엔 물이 담뿍 올라 푸른빛이 역력한 것이 봄이 왔음을 실감하게 됩니다.

중년의 나이라면 어린 시절 봄이 오면 잔뜩 물이 오른 버들잎 가지를 꺾어 속을 비우고 피리 모양을 만들어 입에 물고 삑삑 소리를 내며 버들피리를 불던 추억이 있을 것입니다. 아니면 어린 풀잎을 따서 양 손바닥 사이에 살포시 끼우고 입김을 불어 풀피리를 불었는데 나 또한 연주 솜씨는 형편없었지만 풀피리를 삑삑 불며 다녔던 추억이 있습니다.

그런데 우리에게는 원시적 악기인 풀피리로 민요는 물론 산조와 시나위 연주를 구성지게 연주할 수 있는 예능이 대대로 전승되어 왔습니다. 풀피리 연주는 현재 경기도무형문화재 제38호로 지정되어 있는데, 경기도 연천의 故 전 금산 선생으로부터 연주기법을 전수받은 오세철 선생이 그 보유자입니다.

오세철 선생은 소탈하고 순수한 성품을 갖은 분으로서 풀피리 연주의 최고 명인으로서 활발한 예술 활동을 하고 있으며 한편으로는 농사일을 하고 있습니다. 나와는 서로 왕래하며 친분을 유지하고 있는데 얼마 전 자신이 손수 농사를 지은 무공해 쌀을 갖다 주어 고맙게 받은 적이 있습니다.

풀피리는 초금(草琴) 혹은 초적(草笛)이라고 하며 나뭇잎이나 나무껍질 혹은 풀잎 등을 입술로 불어서 소리를 내는 악기입니다. 악학궤범에서는 '초적은 도피(복숭아 나무껍질)를 만 것으로 잎사귀를 입에 물고 휘파람을 부는데 그 소리가 맑게 진동하며, 귤과 유자의 잎사귀가 더욱 좋다'라는 기록이 있으며 한때는 궁중음악에서도 연주되었다는 기록이 보입니다. 또 1744년(영조 20년)의 진연의궤(進宴儀軌)에 관현맹인(管絃盲人) 초적악사(草笛樂士) 강신문(姜尙文)이 궁중 진연에 참가했다는 기록이 있기 때문입니다. 또한 중국문헌에 도피피리(도피필률 : 挑皮篳篥)를 삼국의 악기로 치는 것으로 보아도피피리까지 포함한다면 초적의 역사는 삼국시대까지 거슬러 올라간다고 할 수 있습니다.

하지만 역시 풀피리는 민간 민속축제에 널리 연주되었습니다. 남도 민요에서는 초적을 불며 축제를 벌이기도 했으며 일제 강점기 때 강춘섭 선생은 초적을 잘 불던 명인으로 그의 초적 시나위와 초적 굿거리가 취입된 유성기 음반이 남아 있습니다.

이와 같이 풀피리는 아이들이 장난감이 아닌 우리의 역사 속에서 오랫동안 민중들과 애환을 함께 해온 당당한 토속악기입니다. 일제강점기라는 문화적 단절을 거치며 그 가치가 많이 폄하되면서 전통문화로 간신히 명맥을 유지하고 있지만, 많은 전통악기들이 사라지는 상황에서 우리 민족의 귀중한 전통문화로 계승·발전시켜야 할 대상입니다.

재담소리 예능보유자 백영춘 선생

국립국악원 예약당에서 열리는 서울시 무형문화재 제38호 〈재담(才談)소리〉 지정 기념공연의 사회를 맡아 원고를 준비하느라 하루가 훌쩍 지나가 버렸습니다. 〈재담소리〉란 것이 그동안 쉽게 접해왔던 국악장르와 많이 달라 전통예술 전문가가 아니고서는 많이 생소할 겁니다. 〈재담소리〉란 줄거리가 있는 이야기를 재치와 익살, 그리고 해학이 담긴 '아니리'로 풀어가면서 소리와 춤, 그리고 연기로 관객과 호흡하는 전통연희 극예술입니다. 줄타기의 재담, 발탈의 재담, 탈춤의 재담, 서도소리의 '배뱅이굿' 등이 광의로는 모두 재담소리라 할 수 있습니다.

재담소리의 기원을 거슬러 올라가 보면 상고시대부터이겠지만, 기록상으로 고려시대 궁중 〈나례희〉의 재담극에서 시작되어 조선조를 거쳐 오늘날까지 면면히 전승되어 온 소중한 문화유산이라 할 수 있습니다. 조선조 말 판소리가 정형화되기 이전에 재담소리가 대중적 인기를 얻어 성행했다는 문헌기록으로 보아, 연행구성이 유사한 판소리가 재담소리에서 갈라져 발전되었다는 주장은 꽤 설득력 있는 이야기라 할 수 있습니다.

오늘날 대표적인 재담소리로는 서도소리(수심가 토리)의 '배뱅이굿'과, 경기소리(창부타령 토리)의 '박춘재제 재담소리'가 있다고 할 수 있겠지요. 박춘재제 재담소리에는 〈장대장타령〉, 〈장님타령〉, 〈개넋두리〉 등이 전해져 오고 있습니다. 故 박춘재 선생이 누구냐고요? 선생은 구한말에서 일제강점기에 이르는 시기에 재담소리로 광무대 등에서 한 시대를 풍미하였던 경기명창이었습니다.

재담소리 예능보유자인 백영춘 선생은 박춘재제 재담소리를 계승하신 분으로 박춘재 선생의 제자이자 선소리산타령의 예능보유자였던 故 정득만 명창, 발탈 예능보유자였던 故 박해일 선생으로부터 두루 재담소리를 전수받아 1999년부터 본격적으로 박춘재제 재담소리를 복원, 전승한 분입니다. 그 노고와 재능, 그리고 서울시로부터 문화재적 가치를 인정받아 서울시 무형문화재 제38호로 지정되어 그 예능보유자가 되었습니다.

백영춘 선생께서는 당뇨합병증으로 이미 시력을 잃어

서 앞을 보지 못합니다. 그럼에도 불구하고 장대장타령 등 재담소리를 완벽하게 재현해내고 계시니 경의를 표하지 않을 수 없습니다. 이러한 예인정신이 우리의 전통 예술을 면면히 이어가게 하는 동력이 아닌가 싶습니다.

잊혀서는 안 될 문화유산
평안도 향두계 놀이

우리 선조들은 예부터 더불어 살기 위한 여러 가지 풍습이 있었습니다. 그 중 대표적인 것이 '두레'로 지방마다 조금씩 다른 이름, 다른 방식으로 존재해 왔습니다. '향두계' 역시 두레의 하나로, 평안도, 함경도 일대에서 협동 작업을 통한 상호부조(相互扶助)를 위하여 조직된 농사꾼 계입니다.

'평안도 향두계 놀이'는 오랜 세월 동안 사람들의 입에서 입으로 구전심수(口傳心授)되어 면면히 이어져 내려온 우리 민족의 전통연희입니다. 평안도는 건답(乾畓) 지역으로 유명합니다. 그래서 논농사를 일구기 위해서는 여러 명의 장정들로 구성된 집단적인 공동체 노동조직이 필요했는데 그 조직이 바로 '향두'입니다. 가뭄이 심하거나 홍수 또는 사고 때문에 농사일이 밀렸을 때 마을 사람들이 모두 하나 되어 농사를 돕곤 했는데, 이

때 마을 사람들과 함께 이루어진 사연들을 노래로 표현한 연희극이 바로 '평안도 향두계 놀이'입니다. 평안남도 지방의 독특한 음악적 토리와 향토적 정서가 융해되어 전승되어 왔기 때문에 예술적 가치가 높은 고유한 전통연희로 문화재적 가치 또한 충분히 지니고 있다고 할 수 있습니다.

'평안도 향두계 놀이'에는 전통 무의식적(巫儀式的)인 춤과 긴아리, 자진아리, 호미타령 등 토속민요 그리고 수심가, 엮음수심가 등 평안도의 대표적인 통속 민요까지 곁들여 연희를 하기 때문에 우리의 전통연희 형식을 비교적 충실히 갖추고 있습니다. 구성을 살펴보면 제1장 씨앗 고르기, 제2장 씨뿌리기, 제3장 모심기, 제4장 김매기, 제5장 향두계놀이, 제6장 추수, 제7장 풍년의 기쁨과 어울림 등 총 7장으로 구성되어 있습니다.

'평안도 향두계 놀이'는 소리의 창법에 있어서는 서도소리가 갖고 있는 음악적 특징을 고스란히 간직하고 있습니다. 창법은 요성(떠는 소리), 들청(높은 소리), 가성(속 소리), 비성(콧소리) 등으로 구분되며 경기소리 창법에서 목청의 떨림이나 꺾음 기법이 없는 것과 아주 대조적이어서 예술적으로도 높은 가치를 가지고 있습니다.

‘평안도 향두계놀이’는‘평안도 향두계 놀이’는 평안도 지방을 중심으로 연행되었던 연희극으로서 현재 원형대로 연행할 수 있는 사람은 극히 소수입니다. 1960년대 중반에 서도소리 명창인 김정연(1913~1987) 선생에 의하여 복원되어 김정연 명창의 타계 후 오복녀 명창에 의하여 전승되었고, 현재 국가중요무형문화재 제29호 서도소리 전수교육조교인 유지숙 명창에 의해 그 명맥이 이어지고 있습니다.

‘평안도 향두계놀이’는 오랜 역사를 가진 우리의 고유한 연희양식이자 민족예술로서도 가치가 매우 높기 때문에 전통예술로서 반드시 보존되어야 합니다. 전통연희의 보고인 ‘평안도 향두계놀이’의 원형 보존과 안정적인 전승을 기대해 봅니다.

전통연희의 백미 줄타기

몇 해 전 1,230만 명이라는 국내 최다 관객을 동원한 영화 〈왕의 남자〉의 압권은 마지막 장면인 어름산이(줄광대) 장생(감우성 분)과 공길(이준기 분)의 줄타기 장면이었습니다. 위험한 외줄 위에서 손에 땀을 쥐게 하는 줄광대의 아슬아슬한 묘기, 그리고 풍자와 해학이 넘치는 익살스러운 재담과 소리(노래)가 어우러진 줄타기는 전통연희의 백미 중 백미입니다. 줄타기(tightrope-walking performance)는 전 세계적으로 통용되는 용어로 세계 각국에서 서로 다른 양상으로 전승되고 있습니다.

우리의 줄타기는 줄놀음 혹은 줄판이라고도 불리며 줄광대가 줄 위에서 줄 아래의 어릿광대와 재담을 나누는 2인극 형태로, 관중과 소통하면서 삼현육각의 반주에 맞추어 줄소리(승도창)와 재담, 잔노릇(곡예)과 춤을 연행(演行)하는 것을 말합니다.

줄타기가 연희로 정립된 것은 삼국시대로 보는 것이 일반적인데, 이때 자생적 전통기반 위에서 중국에서 전래된 서역계통의 산악백희의 영향을 받아 변화, 재창조되었습니다. 줄타기에 대한 문헌적 자료와 연구 자료는 중요무형문화재 제58호 줄타기 예능보유자인 김대균 선생의 석사논문에 잘 정리되어 있고, 줄타기 연행이 행하여졌던 구체적인 근거는 고려시대 부터의 각종 자료에서 어렵지 않게 확인할 수 있습니다.

문헌자료에 의하면 줄타기가 신라시대의 팔관회와 연등회에서 연희되었던 것으로 보이나 고려사 고종(제23대, 1214~1259) 32년 4월 8일 팔관회 때 놀았던 각종 재인들에 대한 자료가 기록되어 있고, 조선 성종(1470~1494) 19년 3월에 명나라 사신 동월(董越)은 "호화스런 놀이 차림과 몸도 가볍게 노는 도약, 승도(繩渡, 줄타기), 사자놀이 등이 갖가지 최고의 기예를 연희하였다"라고 기록하였고, 동(同) 시대 학자 성현은 "날아가는 제비와 같이 가볍게 줄 위에서 돌아간다"고 하여 조선시대의 줄타기는 국빈(國賓) 연희로도 공연되었으며, 그 수준 또한 상당하였음을 알 수 있습니다. 조선시대 줄타기는 순수하게 줄만 타는 광대줄타기와 남사당패의 놀이 중 하나인 어름줄타기 두 계통이 있습니다.

줄타기는 관이나 민간의 큰 잔치나 대동제, 단오 등의 마을단위 행사 때에도 공연되었습니다. 당시에는 솟대타기, 판소리, 죽방울, 땅재주, 판춤 등이 함께 공연되었으며, 행사의 대미는 항상 줄타기가 장식했습니다.

줄판의 가장 이상적인 형태는 줄을 중심으로 관중이 둥그렇게 자리 잡고 관람하는 것입니다. 이런 상태라야만 모든 관중이 줄광대와 협연자의 움직임과 숨소리까지도 포착하는 근거리에서 관람할 수 있습니다. 줄광대는 관중의 눈과 마음을 통해 교감을 느끼며 신명에 도달하기가 훨씬 수월해집니다.

줄타기는 줄광대, 어릿광대, 삼현육각, 관중이라는 4가지 구성요소를 가지고 있고, 줄광대는 자신이 보유한 잔노릇(곡예), 재담, 줄소리 등 연행능력을 바탕으로, 어릿광대, 관중과 적극적인 의사소통을 하며, 관중 또한 참여가 가능한 열린 구조의 줄판을 형성합니다. 어릿광대는 줄 위에 있는 줄광대와 재담을 주고받으며 줄광대의 연행의 효과를 극대화하도록 도와줍니다. 삼현육각의 악사들은 줄광대와 어릿광대가 각 놀음을 할 수 있도록 반주를 하여 전체 판놀음의 분위기를 상승시켜주는 역할을 담당합니다. 관중은 광대들의 놀음에 추임새로 화답을 하며 광대들과 소통을 합니다.

줄광대는 줄의 탄력과 신체부위를 이용하여 잔노릇을 구사합니다. 줄광대가 비상을 하면 줄은 줄광대를 받아줄 준비를 하고 줄이 흔들리면 줄광대는 호흡을 조절하여 줄과 하나가 됩니다. 잔노릇은 크게 개별동작, 연결동작, 결합동작, 모방동작 등으로 구분하며 이러한 동작은 외홍잽이, 양다리외홍잽이, 코차기, 쌍홍잽이, 겹쌍홍잽이, 옆쌍홍잽이, 겹옆쌍홍잽이, 쌍홍잽이거중틀기, 외무릎꿇기 등 무려 35가지 정도나 됩니다.

지금까지 밝혀진 줄광대 명인 계보는 200여 년 전 영·정조시대의 김상봉(金上峯)을 필두로 최상천(崔上天), 그리고 2代인 김관보(金官甫)와 이봉운, 그 후 배출된 뛰어난 재인이었던 이동안(李東安), 김영철(金永哲), 김봉업(金奉業), 임상문(林尙文), 이정업(李正業), 오돌끈 등이 있었고, 여성 줄꾼으로 임명옥, 임명심, 정유색, 전봉선, 한농선 등이 '줄타기' 명인으로 활약하였습니다.

현재 '줄타기'의 명맥을 잇고 있는 사람은 중요무형문화재 제58호 예능보유자로 인정된 김대균 선생과 중요무형문화재 제3호 남사당놀이 6종목 중 하나인 어름(줄타기)의 어름산이(줄광대)이자 이수자인 권원태 선생 등이 있습니다.

줄타기는 잔노릇, 재담, 줄소리 등이 유기적으로 얽혀

상호작용하는 종합예술입니다. 우리의 민속예술의 생명은 즉흥성과 가변성의 발현이라 할 수 있는데, 줄타기는 우리의 민속예술의 속성을 잘 보여주는 전통연희의 백미라고 부르기에 부족함이 없습니다.

종합예술의 보고 솟대타기

전승이 단절된 전통연희 종목 중에는 구체적인 연행 양상을 짐작할 수 있는 자료조차 남아 있지 않은 채 간신히 명칭만 전해지는 종목들이 많습니다. 하지만 솟대타기는 연행의 양상을 짐작할 수 있는 문헌자료와 그림자료가 비교적 많이 남아 있음에도 불구하고, 1930년대 전승이 단절된 이후, 복원을 위한 시도가 제대로 이루어지지 않아, 복원을 바라는 많은 이들의 속을 태우는 전통연희입니다.

솟대타기는 전문 연희자가 솟대 위에 올라가 연주를 하거나, 솟대 아래에 있는 어릿광대와 재담을 나누고, 삼현육각패의 반주 음악에 맞추어 갖가지 묘기를 펼치는 악가무가 일체화된 연희로 종합예술의 보고라 할 수 있습니다. 솟대란 본래 민속신앙에서 새해의 풍년을 기원하며 세우거나, 마을 입구에 수호신의 상징으로 세운 긴 나무와 장식으로, 종교적 의미가 있기 때문에 연희도구로는 적당하지 않아 솟대타기에서는 별도 제작한 긴 장대를 사용합니다.

솟대타기는 주로 유랑 전문예인들인 솟대쟁이패, 초라니패, 대[竹]광대패 등에 의하여 연행되었는데 연희자들은 솟대에 올라가 솟대 아래에 있는 삼현육각 연주자들의 반주에 맞추어 춤을 추거나 솟대 위에서 물구나무를 서고 매달리는 등 갖가지 기예를 보여주었습니다. 나아가 솟대에 대금이나 장고 같은 악기를 들고 올라가 연주하거나, 솟대 아래에 있는 어릿광대와 익살스러운 재담을 주고받으며 자신의 묘기를 보다 극적으로 보여주었습니다.

고려시대로부터 조선조 말까지 그 연행 양상이 구체적으로 묘사된 문헌기록이 여러 곳에 남겨져 있고, 조선조에 그려진 화첩과 감로탱 등에 '솟대타기'의 연행 장면이 그려진 자료도 많이 남아 있어 그 역사가 상당히 오래된 것임을 짐작하게 합니다.

대표적인 문헌 기록으로는 고려 말 이색(李穡, 1328~1396)의 〈목은집(牧隱集)〉 33권과 고려가요 청산별곡 7연으로 비교적 자세하게 솟대타기 연행 장면이 서술되어 있습니다. 〈목은집(牧隱集)〉에서는 솟대 위에서 연희자가 자유자재로 걸어 다니는 묘기를 아래와 같이 묘사하고 있습니다.

산대를 얽어맨 것이 봉래산 같고(山臺結綴似蓬萊)

과일 바치는 선인이 바다에서 왔네(獻果仙人海上來)

연희자들이 울리는 북과 징소리는 천지를 진동하고(雜客鼓

鉦轟地動)

처용의 소맷자락은 바람 따라 돌아가네(處容衫袖逐風廻)

긴 장대 위의 연희자는 평지에서 걷듯하고(長竿倚漢如平地)

폭죽은 번개처럼 하늘을 솟네(爆竹衝天似疾雷)

태평성대의 참모습을 그리려 하나(欲寫太平眞氣像)

늙은 신하 글 솜씨 없음이 부끄럽구나(老臣簪筆愧非才)

또한 청산별곡 7연에는 사슴 가면을 쓴 광대가 솟대 위에서 해금 연주를 하고 있는 모습을 아래와 같이 묘사하고 있습니다.

가다가 가다가 드로라 / 에정지 가다가 드로라 /

사스미 짐ㅅ대예 올아셔 / 奚琴을 혀거를 들오라

(사슴으로 분장한 광대가 장대 위에 올라가 / 해금 타는 것

을 듣노라)

또한 중국 사신을 영접할 때 연희 장면을 그려놓은

화첩인 아극돈(阿克敦, 1685~1756)의 〈봉사도(奉使圖)〉
제11폭과 선암사 감로탱(1736년)에도 솟대 양 옆에 두
줄을 매어 고정하고, 연희자가 솟대 꼭대기에서 한 손
으로 중심을 잡는 기예의 그림이 남아 있습니다.

'솟대타기'는 방울받기, 줄타기처럼 세계 어디서나 볼
수 있는 보편적인 연희로 우리나라에만 전승되어온 것
은 아닙니다. 하지만 중국의 솟대타기가 곡예 중심으로
발전되어온 반면, 우리는 재담과 음악과 춤과 곡예가 어
우러진 독특한 종합예술의 형태로 발전되어 예술적 의
의가 보다 크다고 할 수 있습니다.

이러한 종합예술의 보고인 솟대타기가 하루 빨리 복
원되어 대중 앞에 그 모습을 보여주기를 간절히 기대해
봅니다. 솟대타기가 복원된다면 국민들에게는 전통공연
예술의 진수를 보여주게 될 것이고, 더 나아가 한국의
대표적인 관광공연예술상품 브랜드로도 손색이 없을
것입니다. 그러기 위해서는 국립국악원 및 문화재청 등
정부관련 기관에서 솟대타기 복원을 위한 종합적인 대
책 마련과 지원이 따라야 함은 물론입니다.

독창적인 우리나라의 극예술, 여성국극

여성으로만 구성된 여성국극은 창, 춤, 전통음악 등 전통공연예술을 바탕으로 판소리 다섯 마당, 설화, 전래동화 등 연기가 함께 어우러지는 스토리텔링과의 접목을 통해 대중적인 공연 양식으로 발전한 독창적인 우리나라의 극예술입니다

여성국극의 기원은 20세기 초 중국의 경극(京劇)이나, 일본의 가부키에 영향을 받아 전통음악인 판소리에 가·무·악(歌·舞·樂)을 결합한 무대음악극으로 재창조된 창극에 기원을 두고 있으나 우리나라 최초의 여성국극은 1948년 10월 박녹주, 김소희, 박귀희 선생 등 명창들에 의하여 결성된 '여성국악동우회(女性國樂同友會)'의 창립공연으로 보는 것이 일반적입니다. 서울 '시공관'에서 공연된 '옥중화(獄中花)'는 박녹주, 김소희, 박귀희, 임춘앵, 김진진, 조금앵 등 수많은 주연급 배우들을 배출하였습니다.

여성국극은 5, 60년대 최고의 전성기를 누리며 수많은 단체들이 난립했으나 그 인기는 오래가지 못했고, 지금은 1986년 ‘서라벌국악예술단’에서 출발하여 1993년에 사단법인으로 등록된 홍성덕 선생의 ‘한국여성국극예술협회’ 등에서 근근이 명맥만 이어가고 있는 실정입니다.

인근 중국과 일본에서 여성국극과 유사한 장르의 성공사례로는 중국의 경극(京劇)과 일본의 ‘가부키(歌舞伎)’를 들 수 있습니다. 중국의 ‘경극(京劇)’은 중국의 유구한 역사와 함께하며 인물, 언어, 노래, 연기, 화장(化粧), 무술 등 중국 전통 문화의 다양한 특징을 표현해 국극(國劇) 대접을 받고 있고, 나아가 중국의 대표적 명품 관광 공연상품으로 성장하였습니다.

일본의 ‘가부키(歌舞伎)’ 역시 일본의 대표적 전통극 예술로 에도 시대에 집대성되었으며 가·무·악(歌·舞·樂)과 연기가 결합된 대중적 극양식으로 중국의 경극과 마찬가지로 일본의 대표적 명품 관광 공연상품으로 성장하였습니다.

여성국극은 전통예술의 원형질에 기반을 둔 소중한 문화유산일 뿐만 아니라 고부가가치를 창출할 수 있는 한국의 대표적인 브랜드 관광 문화상품으로 성장해 나갈 수 있는 가능성이 매우 큰 종합무대예술입니다. 그래서 여성국극이 공연예술로서 이룩한 성과에 대한 체계적인 정리와 평가가 필요하며, 나아가 여성국극의 보존, 계승을 위한 방향을 모색하고 진흥 및 발전을 위한 정책적 지원 방안을 모색해봐야 할 시기입니다. 하지만 무엇보다 먼저 선행되어야 할 것은 현대를 살아가고 있는 대중들의 문화적 욕구에 부응할 수 있도록 여성국극의 전문 대본작가, 작곡가, 안무가, 전문 연출가 등 전문 인력 양성입니다.

여성국극의 질적 향상이 이루어진다면 그 어느 예술 장르보다 경쟁력 있는 우리나라 브랜드 공연예술 상품으로 부각될 수 있는 만큼, 정부에서도 관심을 갖고 여성국극 발전을 위한 행정, 재정지원 강화를 통해 국립여성국극단 창단, 여성국극 전용극장 구축 등도 긍정적으로 검토해 볼 때가 되었다고 생각합니다. 여성국극의 제2의 부흥을 기원해 봅니다.

씩씩한 기개가 넘치는 선소리산타령

그제 부처님 오신 날에 구리시, 경기문화재단, 구리문화원, 구리예총의 후원을 받아 '구리시 선소리산타령보존회'에서 주관한 〈어린이날 가족과 함께하는 '선소리산타령' 무형문화재 공연〉의 해설을 맡게 되어 구리시 장자호수공원 야외무대로 갔습니다.

야외공연이 있는 날에 비가 오는 것만큼 난처한 일도 없지만, 오랜 가뭄 끝에 내리는 단비이고 빗줄기가 그리 세지 않아 하늘을 원망할 수는 없었습니다. 다행히 무대와 객석 위에는 비를 그을 수 있는 가림막이 설치되어 있어서 공연에는 별 지장은 없었습니다. 이날 공연은 어린이날을 맞이하여 선소리산타령을 중심으로 미래의 꿈나무인 어린이들에게 세계 어느 곳에 내놓아도 손색이 없는 자랑스러운 우리의 문화유산인 타령에 친근감을 갖게 하자는 의도로 기획되었습니다.

그런데 '선소리산타령'의 명칭에 대해서 알고 계신지

요? 선소리라는 것은 말 그대로 서서 하는 소리를 뜻합
니다. 하지만 산타령이라는 것은 산에서 부르는 노래라
는 뜻이 아니고 가사의 내용이 산천의 경치를 주제를
담고 있기 때문에 붙여진 명칭입니다. 선소리산타령은
전통음악 가운데 화려하고 씩씩하며 기개가 넘치는 느
낌을 주는 우리 음악입니다.

선소리산타령은 경기지방을 중심으로 전승되어 온
'경기 선소리산타령'이 있고 황해도, 평안도 중심으로 전
승되어 온 '서도 선소리산타령'이 있는데, 형식은 비슷하
나 창법은 뚜렷한 차이가 있습니다. '경기 선소리산타령'
은 놀량, 앞산타령, 뒷산타령, 자진산타령 개고리타령으
로 구성되어 느리게 시작하여 뒤로 갈수록 점차 빨라지
는 구조로, 노래패의 우두머리 모갑이 장구를 메고 앞
소리를 부르면 나머지 소리꾼들은 소고를 치면서 손짓,
발짓을 섞은 여러 가지 발림을 곁들여 뒷소리를 하는,
민속가요의 느낌이 강합니다.

이날 공연에서 모갑이는 선소리산타령의 준 인간문
화재 격인 전수교육조교 염창순 선생이 맡았습니다. 인
간문화재의 공식적인 명칭은 '무형문화재 예능보유자'라
고 해야 맞습니다. 무형문화재 예능보유자를 높여 통상
인간문화재라고 부르지요. 국가중요무형문화재 제19호

로 지정된 선소리산타령의 예능보유자는 황용주 선생과 최창남 선생이 있으나 아쉽게도 이날 공연에는 함께하지 못했습니다.

조선조 말에는 서울 장안 거리마다 선소리산타령의 노래 소리가 흘러 나왔다는 기록이 보일 정도로 인기가 대단했던 모양입니다. 그러나 지금은 비인기 예능종목으로 전승의 맥이 약화되어 원형 전승만 겨우 이루어질 뿐입니다. 재창조의 노력이 조금만 더해지면 금방 예전의 인기를 찾을 수 있을 것 같건만, 개인적으로는 매우 아쉬울 뿐입니다.

우리 춤의 백미 살품이춤

한중일 동북아시아 삼국 중에 가장 작은 영토를 가진 우리 한국은 오랜 세월동안 중국의 영향을 강력히 받아 왔음에도 불구하고 우리 민속춤은 예술성과 독특함을 동시에 자랑하는 자랑스러운 문화유산에 틀림없습니다. 그 중 민간 춤의 백미를 손꼽으라 하면 주저 없이 살풀이춤을 선택할 것입니다. 살풀이춤은 시나위 가락에 맞춰 슬픔을 환희의 세계로 승화시키는 인간 감정을 아름다운 춤사위로 표현해 내 예술적 가치가 높은 우리 전통 춤의 백미입니다.

살풀이춤의 기원은 굿판에서 무당이 추던 춤에서 나온 것이지만, 굿을 하는 과정에서 추던 춤이 아니라, 무당이 자기의 춤재주를 구경꾼에게 보여주기 위해 즉흥적으로 추던 춤입니다. 그래서 살풀이라는 말이 무속의 식(巫俗儀式)에서 액(厄)을 풀어낸다는 살(煞)을 푸는 것을 의미하지만 무속의 형식이나 동작은 보이지 않습니다. 그리고 조선 중엽 이후에는 서민문화가 발전하는 과정에서 소리광대들의 춤으로 인기를 얻으면서 한 단계 더 발전하게 됩니다.

일제 강점기에 굿이 일본의 민족문화 말살정책에 의해 미신으로 치부되어 금지되자, 무당들 중 일부가 생계를 위해 무업을 버리고 예인집단을 만들어 자신의 기예를 다듬으면서 그들의 춤이 점차 예술적 형태를 갖추고 기교와 세련미도 좋아집니다. 우리가 지금 볼 수 있는 살풀이춤의 형태는 바로 이때 만들어진 것입니다.

살풀이춤의 독특한 점은 수건을 들고 추는 것인데 그래서 살풀이춤을 수건 춤이라고도 부릅니다. 그 연원에 관해서는 여러 설이 있습니다. 춤을 만들어 낸 소리광대들이 판소리를 할 때 땀을 닦거나 멋을 내기 위해 사용했다는 주장, 춤꾼이 자기의 감정을 표현하기 위한 수단으로 사용했다는 주장, 티벳족이나 몽고족이 축복의 의미로 사용하는 '하다'라는 긴 수건과 연관되었다는 주장 등이 있지만 정확한 이유는 알 길이 없습니다.

수건춤 외에도 산조춤, 입춤, 즉흥춤이라는 이름으로 불리어졌는데 1934년에 한국무용의 시조로 불리는 한성준(韓成俊) 선생이 '조선음악무용연구소'를 창립하고 1936년에 부민관에서 제1회 한성준무용발표회를 개최하면서 방안에서 추던 수건춤을 극장무대에 올려 최초로 살풀이춤이라는 명칭을 사용하였다고 합니다.

그 뒤 점차 본격적인 공연예술작품으로 명무들에 의하여 계승되어오다가 1990년에 중요무형문화재 제97호로 지정되어 계승되고 있습니다. 경기지방에서 발전되어 온 살풀이춤으로는 이동안(李東安)류, 김숙자(金淑子)류, 한영숙(韓英淑)류가 있으며, 호남지방에서 발전되어 온 살풀이춤으로는 이매방(李梅芳)류 등이 있는데 각각 춤과 음악적 특성이 모두 다릅니다. 김숙자 선생이 추고 있는 살풀이춤의 원형은 경기도 무악(巫樂)인 도살풀이곡에 맞추어 추는 교방 계열의 고전춤으로, 한과 슬픔과 정다움이 담겨 있을 뿐만 아니라 정숙한 여인상을 연상케 합니다. 정중동(靜中動)의 움직임이 잘 융합되는 가운데 수건뿌림에서는 곡선미가 돋보입니다.

한영숙 선생의 살풀이춤은 그녀의 조부인 한성준 선생의 춤을 개작한 것으로 섬세하고 우아하며 정중동의 움직임과 함께 맺고 얼렀다 푸는 기본적 춤사위가 선명하게 나타나고 있어 우리 춤의 멋이 잘 나타나고 있습니다.

이매방 선생의 살풀이춤은 남도의 시나위가락 위에서 추는 춤으로 고도로 다듬어진 전형적인 기방 예술의 산물입니다. 한과 멋, 흥을 위주로 하여 춤사위의 기교가 뛰어나며 다른 춤보다 몸의 꼬임이 많으며 즉흥성을 띠고 있는 것이 특징입니다.

10여 년 전 명무 이매방 선생이 프랑스의 아비뇽 축제에 초대되어 살풀이춤을 추었는데 프랑스 사람들이 선생의 춤을 보고서 예술성이 뛰어난 춤에 완전히 매료되어 격찬을 아끼지 않았고, 프랑스 정부에서는 문화훈장까지 수여했다고 합니다.

부조화의 미학, 시나위

우리나라의 전통음악 중 예술성이 가장 뛰어난 곡을 고르라면 주저 없이 시나위 곡을 선택하겠습니다. 오늘 날 우리가 듣고 있는 시나위 곡은 19세기 말경에 완성되었다고 하나, 그 시원은 아마도 우리의 역사와 함께 시작되었을 것이라 추측됩니다. 어원에 대해서는 여러 가지 학설이 있어서 명확히 단정 짓기는 어려우나 토속음악 대부분이 그러하듯 무악(巫樂)에 뿌리를 둔 음악이라는 데는 모두가 동의하는 것 같습니다.

시나위 음악은 서로 다른 악기가 독주 혹은 합주로 악보 없이 즉흥성을 십분 구사해 가며 우리네 심성과 감성을 자유분방하게 담아내는 열린 형식의 음악으로 가장 서민적이고 가장 한국적인 음악이라는 평가를 받습니다. 이러한 음악적 형식은 어느 나라에서도 찾아볼 수 없는 독특한 음악예술로 세계무형문화유산으로 등재하여도 전혀 손색이 없는 고도의 예술성을 갖고 있는 음악입니다. 그렇기에 초보 연주자는 도저히 연주할 수가 없으며 고도의 기예와 예술성을 갖춘 고수들만이 연주가 가능한 까다로운 음악입니다.

시나위 음악은 굿판에서 무당의 춤에 맞추어 음악을 연주하던 악사들이 발전시켜 왔는데, 음악의 유형에 따라 경기도 남부, 충청도 전역과 전라북도, 전라남도 세 지역으로 나눌 수 있습니다. 특히 시나위 음악은 한강 이남의 세습무 지역에서 발달했으므로 이 지역을 시나위권이라 부르기도 합니다. 경기도당굿에서 도살풀이 춤의 반주음악으로 흔히 연주되는 경기 시나위는 흔히 들어왔던 호남권 시나위와 달리 즉흥성이 강하면서도, 세련되고 매력적인 색다른 맛을 느낄 수 있어 그것대로 좋습니다.

하지만 가장 인기 있는 시나위는 남도 시나위로 보통 굿거리, 자진모리, 엇모리, 동살풀이 등의 장단으로 구성되는데, 여러 악기가 비슷한 선율로 연주하되 즉흥적인 변화를 주어 제각기 다른 이야기를 들려주려는 듯 하면서도 선율의 진행 방식이 매우 독특합니다.

시나위는 원래 향피리, 젓대(대금), 해금 등 관악기만으로 합주하였으나, 차츰 장구와 징이 더해졌고, 최근에는 가야금, 거문고, 아쟁을 첨가해 연주하고 있습니다.

선율은 신악(神樂)과 무악(巫樂)의 특징인 무정형 악장(樂章)으로 되어 있어 즉흥연주가 가능한데, 이것은 연주자간에 본청(기본음)을 같게 하여 안전성을 전제로 연주하기 때문입니다. 다시 말해 악보가 없는 즉흥곡으로 각 악기가 다른 선율을 진행하지만, 본청의 통일에 의한 불협화음의 조화가 이 음악의 특징이라고 볼 수 있습니다.

요즘에는 악보로 정리된 시나위를 연주하는 경우가 대부분이라는데 이것은 본래의 시나위의 원형성과는 다른 것으로 진정한 시나위로 볼 수 없습니다. 시나위 연주는 오디오로 들어도 오묘하고 아름답지만 현장에서 악사들의 연주를 들어야 제 맛을 느낄 수 있습니다.

자연친화적인 우리음악, 산조

우리나라의 민속음악 중 예술성이 가장 뛰어난 음악을 손꼽으라고 한다면 시나위와 쌍벽을 이루고 있는 산조 음악이라고 감히 말씀드릴 수 있겠습니다. 산조(散調)는 '허튼 가락'이라는 뜻으로, 연주자가 즉흥적으로 자유스럽게 장단의 틀에 맞추어 연주하는 민속 기악독주곡으로 전 세계음악에서 그 유례를 쉽게 찾아볼 수 없는 독특하고 예술성이 높은 한국적인 음악입니다.

산조는 과거 무속음악이 발달한 호남지방을 비롯하여 충청도, 경기도 남부의 민속악인(民俗樂人)들이 주로 연주하던 곡으로 무속음악과 관련이 있는 시나위(심방곡(心房曲) 혹은 신방곡(神房曲)으로도 불림) 기악합주곡에서 독주곡 형태로 갈라져 나왔다는 설과 판소리의 진양조, 중모리 가락의 영향을 받아 기악독주곡으로 발달되었다는 설이 있으나 아마도 양쪽의 영향을 모두 받아 발전된 기악독주곡으로 보는 것이 옳을 듯싶습니다.

산조의 문헌적 기록으로는 19세기말 김창조(金昌祖) 선생에 의해 형성된 가야금산조(伽倻琴散調)를 효시로 보고 있으며 이어 거문고산조(玄琴散調), 대금산조(大笒散調), 해금산조(奚琴散調) 그리고 1950년경 아쟁산조(牙箏散調)의 순으로 발생하였습니다. 거문고 산조는 백낙준 선생이, 대금산조는 박종기 선생이, 해금산조는 지영희 선생과 한범수 선생이 창시자 혹은 체계자로 보는 것이 일반적 인식입니다.

산조는 즉흥적이고 창작적인 요소가 많아 산조 연주의 명인에 따라 바디[유파, 流]도 가장 많습니다. 가야금산조는 강태홍류, 성금련류, 최옥삼류, 김윤덕류, 김병호류, 신관용류, 유대봉류, 서공철류, 김죽파류, 황병기류 등 다양한 유파가 있으며 대금산조는 박종기류, 한주환류, 강백천류, 한범수류, 이생강류, 서용석류, 김동진류 등이 있습니다. 거문고산조는 김종기류, 박석기류, 신쾌동류, 한갑득류, 김윤덕류 등이 있으며, 해금산조는 한범수류와 지영희류 등이 있습니다. 피리산조는 박범훈류, 정재국류, 서한범류 등이 있고, 아쟁산조는 박성옥류, 한일섭류, 정철호류, 장월중선류, 김일구류, 박종선류 등이 있습니다.

산조는 여러 가락과 장단의 예술적인 결합체로 전체

적으로 조였다 풀었다를 반복하는 긴장과 이완의 대비의 멋이 가장 두드러집니다. 또한 예술성을 이루는 가장 중요한 요소인 조성(調性, mode)은 여러 가지가 형성되어 있기 때문에 연주가들에 따라 적절하게 배열하면서 연주 또는 작곡할 수 있는 매력이 있습니다.

산조는 '다스름'이라고 부르는 줄 고르고 손을 푸는 예비단계에서부터 연주의 시작으로 보고, 장단은 가장 느린 진양조로 시작해 중모리, 중중모리, 자진모리, 휘모리 혹은 단모리까지 점점 속도가 빨라지다가 다시 아주 느린 마감을 하면서 연주가 끝납니다. 장단은 장구에만 맞추는 것이 특징입니다.

장단 이름에 붙는 '모리'의 어원은 '몰고 간다'는 말에서 나온 것으로 '중모리'는 중간 정도로 몰고 간다는 뜻이고 '자진모리'는 자지러지게 몰고 간다는 뜻, '휘몰이'는 휘몰아 간다는 뜻으로 이해하면 크게 어렵지 않을 것입니다. 산조의 장단은 어느 때는 유유자적하게 관조하며 살아가고, 어느 때는 바쁘게 살아가는 마치 우리네 인생살이의 모습을 닮아 있습니다.

우리나라가 이렇게 자유분방하고 순리에 따라 자연스럽게 물 흐르듯 연주하는 자연 친화적인 산조라는 전통 기악 독주음악을 갖고 있다는 것이 그저 자랑스럽기만 합니다.

당당한 전통예술, 토속신앙인 무속

제가 얼마 전까지 가지고 있던 직함 중 하나가 〈한국
귀신학회〉 부회장이었습니다. 많은 사람들이 귀신학회
부회장이라고 하니 귀신을 크리스트교에서의 말하는
악령의 개념으로 받아들여 이상한 눈길을 주더군요. 그
래서 '한국귀신학회'에서는 주위의 오해를 의식해 얼마
전 '한국무교학회'로 명칭을 바꿨습니다.

요즘엔 악령을 쫓는 사람을 뜻하는 퇴마사(퇴마록이
라는 소설의 영양이 컸습니다)라는 용어가 일반화되어
있는데 우리의 전통 무속문화에는 퇴마사라는 개념이
없습니다. 왜냐하면 우리 무속문화의 귀신은 영험력을
갖고 있는 신격으로, 신령(神靈), 신명(神明) 등으로 불
립니다. 하지만 성정이 욕심 많고 탐욕심이 많아 대접
을 극진히 해주면 복을 주지만, 서운하게 하거나 박대를
하면 그에 따르는 벌을 주므로 무당을 통하여 극진히
모시고 잘 달래야만 했습니다. 우리나라에서 굿 문화가

발달한 것은 모두 이런 연유 때문입니다.

얼마 전 〈한국무교학회〉와 서울구파발당굿보존회 공동 주관의 제1회 서울 구파발 금성당 당굿의 사회를 맡아 은평문화예술회관에 다녀온 적이 있습니다. 당굿은 당연히 신당에서 굿을 해야 하지만, 서울 은평구 진관외동에 자리 잡고 있는 금성당(錦城堂, 중요민속자료 제258호)이 은평 뉴타운 개발로 현재 복원공사 중이어서 부득이하게 자리를 옮기게 되었습니다.

금성당은 단종의 숙부인 금성대군(1426~1457)이 수양대군에 의해 억울하게 폐위된 단종을 복위시키기 위하여 거사를 도모하다 발각되어 죽자 그의 충절을 기리고 영혼을 위무하려고 세운 굿당입니다. 1880년경에 건립한 것으로 추정되며, 민속신앙과 관련된 건축물 가운데 서울은 물론이고 경기도에서도 찾기 힘든, 조선후기 전통 당집양식의 원형을 고스란히 보존하고 있는 굿당입니다. 내부에는 삼불사 할머니 등 무신도와 각종 무구류(巫具類) 등이 잘 보존되어 있어 희귀성이나, 건축사적으로 문화재적 가치가 매우 높아 국가지정문화재 중요민속자료 제258호로 지정되었습니다. 국가지정문화재 중요민속자료 중 무속관련 문화재는 금성당이 서대문 무악재에 있는 국사당(國師堂)과 더불어 단 두 군데뿐입니다.

우리의 역사와 함께 시작된 토속신앙은 생활문화 깊숙이 자리 잡고 있고, 민족문화의 정체성을 고스란히 담고 있는 소중한 문화유산이며, 전통예술의 모체이기도 합니다. 그럼에도 불구하고 일제 강점기의 우리 문화 말살정책과 해방 후 서구문화의 무분별한 유입을 거치면서 미신으로 폄하되어 무속이라는 명칭 아래 아직도 정당한 평가를 받고 있지 못하고 있음이 너무나도 안타깝습니다.

불교와 기독교 등 외부로부터 유입된 종교가 우리 땅 위에서 당당히 대접받고 존중되고 있음에도 불구하고 우리 역사의 시작과 함께 면면히 숨 쉬어 온 토속신앙이 폄하되고 존중되지 못하고 있음은 분명 주객이 전도된 일입니다.

아무쪼록 우리 토속신앙이 제 자리를 찾아 정당하게 평가 받고 존중되어 이 땅위에 모든 종교가 함께 어우러져 상생하여 나아가기를 바랄 뿐입니다.

재인청의 복원을 꿈꾸며

    조선조 공연예술사의 중심을 이루던 재인(才人)은 전문예인 집단으로 그들을 지칭하던 명칭은 광대(廣大), 창우(倡優), 화랭이, 산이 등으로 다양했습니다. 그들을 관장하던 기관이 바로 재인청(才人廳)으로, 조선말까지 지방에서 활동하였던 직업적인 민간 예능인의 연예활동을 행정적으로 관장하는 것이 주 업무였습니다. 재인청 중 대표적인 곳이 현재의 수원인 화성(華城)에 위치하고 있던 화성재인청으로 조선 초부터 전국에 산재한 재인청과 각 청에 소속된 재인(才人)을 관장하던 국가의 공식 재인관리 기구였습니다.

    재인청의 명칭은 지역에 따라 다양하게 불리어지고 있는데 신청(神廳), 악사청(樂師廳), 광대청(廣大廳), 화랑청(花郞廳), 장악청(掌樂廳), 풍류방(風流房), 공인청(工人廳) 등이 그것이며, 경기, 충청, 전라 등 전국에 산재해 있었습니다. 이렇게 재인청의 명칭이 다양하였던 것은 단순히 전문예인을 관리하고 활동을 장악하기 위한 감독기관의 역할을 넘어 종교, 예술, 미학, 예능, 공방의 기능까지 담당했던 종합 문화기관이었기 때문입니다.

문헌 자료를 살펴보면 재인청이 담당하고 있던 예능의 기능은 현재 무형문화 유산으로 분류하고 있는 음악, 무용, 연희, 놀이, 의식, 무예 등 악(樂), 가(歌), 무(舞)의 다양한 요소를 모두 총괄하였다는 것을 알 수 있습니다. 또한 당시의 연행 장면이 담긴 회화(繪畫)들이다수 남겨져 있어 당시의 문화예술을 파악할 수 있는 소중한 자료로 활용되고 있습니다.

사회적 변화에 따라 문화적 가치 또한 변하지만, 그 내용 안에는 오랜 시간을 통해 축적된 다양한 문화를 내포하고 있기에, 재인청이 지니는 문화적, 역사적 가치는 결코 소홀히 할 수 없는 중요한 문화적 보고(寶庫)입니다. 하지만 일제강점기에 재인청의 조직과 기능이 붕괴되면서 현대사회에서 전통문화를 계승, 발전시킬 수 있는 중요한 기반을 잃은 것은 전통예술 전체의 커다란 손실이 아닐 수 없습니다.

재인청의 존재는 우리나라 전통문화 유산의 요람이요, 우리문화의 정체성을 확립할 수 있는 중요한 자료가 되는 것이기에 학술적, 문화적으로 재조명되어야 합니다. 그리고 재인청에서 행해지던 다양한 활동은 한국의 자랑스러운 무형 문화유산의 보고(寶庫)이므로 반드시 복원하여 계승, 발전시켜 나가야 합니다.

나의 호(號) 관허(觀盧)

부모님께서 지어 주신 이름 외에 사용하는 별칭으로 호(號), 또는 아호(雅號)라는 것이 있습니다. 옛날에는 아무나 호를 함부로 사용하는 게 아니라 어느 정도 이름이 있는 학자나 군인, 예술가 등 능력이 출중하거나 큰 명성을 날린 사람이어야만 호를 가질 수가 있었다고 합니다. 하지만 오늘날은 그런 제약 없이 마음만 먹으면 모든 사람들이 각자 호를 가질 수 있습니다. 하지만 환갑이 다가오는 내 나이 또래만 해도 호를 사용한다고 하면 친구들로부터 고리타분하다는 핀잔을 듣기 십상일 정도로 호를 사용하는 풍토는 많이 줄어들었고, 주로 유림 모임, 문단 등의 특정 분야에서나 통용되는 경향이 강합니다.

하지만 일반적으로 이름과 자는 부모나 연장자가 발복과 무병장수의 기원을 담아 지어서 내려주는 것이기에 정작 당사자는 아무런 관여도 할 수 없지만, 호는 본인 스스로 지을 수 있어 자유롭게 자신의 정체성을 반영할 수 있고, 나의 취미나 성격, 능력 등을 눈여겨 본 선생이나 어른들이 지어주는 것이기에 이름보다 한결 더 나를 잘 표현한다고도 할 수 있습니다.

저에게는 관허(觀虛)라는 호가 있습니다. 개인적으로 아버님처럼 따르고 존경하는 스승님인 홍윤식 선생께서 저에게 관허(觀虛)라는 호를 지어 보내주셨을 때의 감동은 세상을 살면서 어떤 직위나 재물을 얻었을 때의 그것과 비교할 바가 아니었습니다. 흡사 강보에 싸인 첫 딸을 아내에게 처음 건내 받았을 때의 감동과 비슷하다고 한다면 제가 받았을 감동의 크기가 상상이 되실 겁니다.

선생님께서는 관허(觀虛)라는 호의 의미는 다음과 같은 불경(佛經)의 경구에서 연유된 것이라 일러주셨습니다.

恒虛 不滿者 聖人 (항허 불만자 성인)

常滿 不虛者 平人 (상만 불허자 평인)

觀道 欲虛者 非凡 (관도 욕허자 비범)

(항상 비어 있으면서 채우려 하지 않은 이는 성인이요

항상 가득 차 있으면서도 비우려 하지 않는 이는 범부요

도를 바라봄에 항상 자기 자신을 비우려 하는 이는 범부를
넘는 이니라)

아마도 선생께서는 수심정진(修心精進)하면서 자기
자신을 비우려하는 자세로 살아가라는 뜻에서 지어주
신 것 같습니다. 앞으로 저를 관허(觀虛)라는 호로 불러
주시면 수심정진(修心精進)하며 살라는 뜻으로 받아들
이며 그 고마운 마음 고이 간직하겠습니다.

가슴 시린 그 이름, 어머니

어제는 고등학교 동창 친구의 어머님께서 운명하셔서 문상을 하러 갔었습니다. 친구의 어머님이 구순을 넘긴 나이라 호상이라면 호상일 수 있지만 부모를 떠나보내는 자식의 마음에 호상이란 있을 수 없겠지요. 돌아가신 친구 어머님은 연거푸 딸을 낳으시다가 겨우 늦둥이 아들을 보았는데 그 늦둥이가 바로 제 친구입니다. 손님 맞느라 정신이 없는 와중에 잠시 마주앉은 친구는 내 어머님은 평생 돌아가시지 않을 거라 여겼는데 제대로 작별인사도 못하고 보내드렸다는 말에 저도 눈시울이 뜨거워지더군요.

저는 올해 여든넷이 되신 어머님과 함께 살고 있습니다. 연세 탓도 있으시겠지만 2년 전 뇌경색을 앓으신 후 더욱 쇠약해지셨습니다. 요즘엔 조금만 걸으셔도 가던 길을 멈추고 무척 숨차 하시지요. 그래도 어머니는 아들 걱정을 하실 때는 예나 지금이나 다름이 없으십니다. 얼마 전 내가 여러 가지 안 좋은 일이 겹쳐서 거의 정신 줄을 놓은 것처럼 지내자 당신 앞에 나를 앉혀놓고 정색을 하며 하시는 말씀이 바깥일에 너무 연연하지 말고 건강도 돌보고 내적인 충실을 기하라는 것이었습니다. 어머님의 눈에 요즘의 내가 얼마나 여유 없어 보였기에 그런 말씀을 하실까 부끄러운 생각이 들더군요. 어머님 말씀대로 이젠 건강도 챙기고 내적인 충실을 기하며 살아가야겠습니다.

제 기억 속의 어머니는 젊으셨을 때 무척 당당하고 예뻤습니다. 보수적이던 그 시기에 옷 하나를 입어도 당시의 여인들보다 유행에 앞서 세련되게 잘 입으셨고, 가요도 잘 부르시고 사교춤도 멋있게 잘 추셨습니다. 제가 즐겨 부르던 가요 중에는 어머니에게 직접 배웠던 노래도 있으니까요.

지금은 당신께서는 그런 당당한 모습은 온데간데없고 키도, 몸도 더 자그마해지시고 얼굴에는 노인의 연륜이 깊이 배어 있습니다. 한때 저는 사는 게 힘겹고, 일이 잘 풀리지 않을 때 이런저런 꼬투리를 잡아 어머니를 철없이 원망하기도 한 적이 있었습니다. 그러나 요즘 들어 어머니가 더 오래 사셨으면 하는 마음이 간절합니다. 어머니가 집에 계신 것만으로도 마음이 든든하

니까요. 어머니가 돌아가시면 마음이 무척 허전해질 것
같은 느낌이 듭니다.

저는 유년 시절의 대부분을 강원도에서 보냈습니다.
비가 오면 대청마루에서 어머님의 무릎을 베고 누워,
앞마당 꽃밭에 내가심은 꽃들을 바라보고 빗소리를 들
으며 잠이 들었던 그때가 제일 행복했던 시절이었던 것
같습니다. 지금도 비가 오면 그때가 문득 떠오릅니다.

애비의 마음

지난 일요일 딸의 결혼식이 있었습니다. 딸이 하나뿐이니 이런 경험은 처음이자 마지막이겠지요. 딸아이로부터 사윗감을 소개 받고, 사돈 간의 상견례를 갖고 결혼에 필요한 모든 준비를 하는 과정이 낯설고 쉽지 않았습니다. 부족한 것은 없는지, 혹여 그것 때문에 딸아이가 불편함을 겪지 않을까 걱정이 되어 세심하게 점검을 해나갔지만 그래도 부족함이 느껴지더군요.

결혼식이 있었던 그날, 딸을 시집보내니 아빠가 많이 서운하겠다는 하객들의 인사말이 있었지만 딸을 보내는 서운함보다는 딸이 제 슬하에 있었을 때 보다 잘해주지 못했다는 자책감으로 미안한 마음이 앞서더군요. 그렇지만 딸아이가 사랑하는 사람을 선택하여 부부의 연을 맺어 떠나니 그저 행복하게 잘 살아주기를 바랄 뿐입니다.

딸아이가 태어나 강보에 쌓여 있던 낯선 모습을 본

것이 엊그제 같은데 벌써 30년이라는 세월이 훌쩍 지나
가 버렸습니다. 애교는 없지만 속이 깊고 부모 속을 썩
여본 적이 없는 아이였습니다. 부모가 넉넉한 살림을 살
지 못하여 불편함도 많이 겪었지만 고맙게도 큰 불평
없이 잘 견디며 바르게 자라주었고 현재는 사회에 꼭
필요한 사람이 되어 자신의 자리를 성실히 지키고 있어,
표현은 안 했지만 애비로서 얼마나 고마운지 모릅니다.
 다행히 사위의 성품도 곱고 시부모가 된 분들도 자애
로운 분들이어서 적이 마음이 놓입니다. 부디 행복하게
또한 건강하게 잘 살아주기를 바랍니다. 딸을 시집보내
는 서운함도 있지만 벌써부터 외손주를 안아볼 기대감
이 드는 것은 어쩔 수 없는 애비의 마음인가 봅니다.

자랑스러운 아들의 졸업식

어제는 막내이자 외동아들 대학 졸업식에 아이 엄마와 함께 참석하였습니다. 경제난으로 취업문이 좁아진 상태라 직장도 없이 졸업을 맞이하면 우울할 거라 걱정했는데, 다행히 남들이 부러워하는 일명 '신이 내린 직장'에 졸업도 하기 전에 취직이 되어 가볍고 즐거운 마음으로 졸업식장을 찾았습니다.

예상한 대로 졸업식장은 졸업생들의 가족과 하객으로 인산인해였습니다. 혹독한 경쟁을 뚫고 대학에 입학하여 늠름한 성인이 되어 마침내 졸업 가운을 입은 자녀를 바라보는 부모들의 눈가에는 대견함과 자랑스러움이 서려 있었습니다. 또한 오늘이 있기까지 갖은 고생을 감내하며 자식을 뒷바라지하느라 얼룩진, 세월의 연륜 또한 그들의 눈가에서 읽을 수 있었습니다.

대부분 부모들의 연령층이 우리 부부와 비슷하여 혹여 옛 친구를 만날 수 있을지도 모른다는 야릇한 기대감으로 두리번거렸지만 그런 행운을 갖지 못했습니다. 오랜 세월 속에서 모습이 변하여 혹여 옛 친구가 왔을지라도 서로가 그 모습을 알아채지 못하고 지나쳐 버렸을 수도 있었겠지요.

아들 녀석이 졸업 가운과 학사모를 벗어 어미, 애비에게 입히고 기념사진을 함께 찍기를 청했을 때 겸연쩍기도 하였지만 우리 부부는 즐겁고, 고마운 마음으로 순순히 아들의 청에 응했습니다. 졸업가운을 입은 아들을 바라보며 꿈 많은 학창시절을 마치고 무한 경쟁이 기다리고 있는 사회라는 바다에 항해를 시작한다고 생각하니, 아들 녀석이 안쓰럽게 보이기도 하더군요. 아무쪼록 당당하고, 정직하고, 그리고 성실하게 자신의 직장을 위해서 열과 성을 다해서 일해 주었으면 하는 것이 애비의 바람입니다.

어제 오후에 학교로부터 명예퇴직 확정 공문이 교육인적자원부에서 내려왔다는 연락을 받았습니다. 예상은 했었지만 기분이 묘하더군요. 공교롭게도 어제는 저의 퇴직 결정과 아들의 졸업식이 함께 이루어진 하루였습니다. 얼마 전 시집간 첫딸은 남편과 시부모로부터 무한한 사랑을 받으며, 동시에 전문직 직종에서 정당한 대우를 받고 일하고 있고, 아들은 졸업과 함께 첫 직

장에서 새 출발을 하고, 애비는 전통예술계에서 새로운
일을 하게 되었으니 그만하면 우리 가족은 참 행복하다
는 생각을 하게 됩니다.

춘란예찬(春蘭禮讚)

　제가 우리나라의 자생란인 한국춘란을 키운 지도 벌써 10년이 훌쩍 넘었습니다. 집 난실에는 약 150분(盆) 정도의 한국춘란이 자라고 있습니다. 지금은 바빠 산행을 자주 하지 못하지만 한동안은 주말마다 명품 춘란을 찾아 배낭을 둘러매고, 춘란의 자생지로 내려가 채란을 하고 돌아오는 것이 가장 큰 즐거움이던 때도 있었습니다.

　한국춘란의 아름다움은 밖으로 내보이는 빛이 아니라 속으로 삼키는 부드러운 질감입니다. 그 은은한 빛으로 자기를 들어내지 않은 모습은 전생의 연(緣)처럼, 보아도 다시 보아도 마냥 좋고 그냥 편하고 머릿속이 맑아집니다. 난의 외양은 늘 푸름처럼 변함이 없지만, 어느새 순을 내고 꽃을 피우는 그 변화의 잔잔함이 우리를 편하게 하고 마셔도 다시 마셔도 여운이 남는 녹차의 향과 같습니다.

한국 난의 최초의 기록은 「양촌집」에서 볼 수 있는데 제1권에 고려의 이거인이 산채(山菜)한 난을 왕에게 바쳤다는 기록이 있습니다. 예부터 서실에 놓인 난분 하나가 가난한 선비의 마음을 풍요롭게 하였던 것 같습니다. 난이 우리 화훼 문화의 일부분으로 자리 잡게 된 것은 고려 말로 난파(蘭坡) 이거인이 난을 재배하던 14세기를 난사(蘭史)의 시작으로 봅니다. 그러나 일반 대중의 난 재배의 관심이 본격화 된 것은 1970년대 후반에 들어서부터며 현재는 난문화(蘭文化)와 난계(蘭界)라는 용어가 일반화될 정도로까지 발돋움하였으며 동호인(同好人)도 기하급수적으로 늘어난 것으로 알고 있습니다.

한국춘란은 온대성의 다년생 식물로 주로 남부 도서 지방에 자생하며, 예외지역은 있지만 북한계선(北限界線)은 충청남도의 태안반도 남쪽인 안면도와 경상북도 영일만을 연결하는 선으로 알려져 있습니다. 또한 해발 100미터내지 400미터의 산중턱이나 야산 지대에 야생(野生)하며 높은 산에서는 자라지 않습니다. 대개 소나무 군락지 숲속에 살며 햇빛이 알맞게 조절되는 동향과 남향의 완경사지에 군생(群生)합니다. 기온은 겨울의 평균 기온이 영하 1도 이하로 내려가지 않으며 최저 기온이 영하 6도 이하로 내려가지 않는 지역이 가장 적당

합니다. 바람은 연중 초당 3미터 이상 부는 곳이 좋으며 그늘이 없는 양지보다는 나무 그늘 쪽이 보다 많은 수의 춘란이 자라는 것을 볼 수 있습니다. 그래서 채란을 하러 가면 소나무 숲이 뿜어내는 강력한 피톤치드로 정신이 맑아지고 몸도 개운해집니다.

한국춘란은 3월부터 4월까지 자생지에서 꽃을 피우며 봄을 알리는 꽃이라 하여 보춘화(報春花)라고도 합니다. 한국춘란의 꽃의 색깔은 녹색입니다. 녹색은 사람에게 안정감을 주며 자연처럼 포근하고 적의(敵意)가 없는 색입니다. 제가 주로 키우는 것은 한국춘란 중 돌연변이종을 주로 키웁니다. 돌연변이종은 잎무늬에 변이가 일어난 엽예품(葉藝品), 그리고 꽃에 변이가 일어나 보통의 보춘화와 틀린 색이거나 형태가 틀리는 따위로 꽃의 아름다움을 감상하는 화예품(花藝品)으로 나누어집니다.

제가 집에서 키우는 춘란은 주로 산채로 얻어진 것입니다. 채란 시에는 개인적인 욕망을 앞세워 자생지 춘란을 닥치는 대로 채취하는 것은 자연보호의 차원은 물론 애란인의 자세로서도 있어서는 안 될 일입니다. 제가 대상으로 하는 것은 변이품종에 한해서이며 온 산을 뒤져도 고작 한두 촉 정도이며 혹은 전혀 없는 경우도 많아 빈 배낭으로 돌아오는 경우가 십중팔구입니다.
오늘 아침 난실에 들어가 난들을 지켜보노라니 단아하
고 기품 있는 그 모습에 마음이 한없이 고요해집니다.

풍란예찬(風蘭禮讚)

저는 꽃을 무척 좋아합니다. 젊은 시절에는 화사한 원색의 꽃을 좋아했지만 나이가 드니 다시 유년 시절로 돌아가는지 어린 시절 시골 길가에 피어나는, 시골 아낙의 모습을 닮은 잔잔한 들꽃이 더욱 좋아집니다. 어렸을 때 아버님이 군인이었던 탓에 잦은 전학으로 친구들과 잘 어울려 놀지 못했습니다. 그러다 보니 원래는 밝은 성격이었는데 내성적으로 바뀌어가더군요. 그래서 학교 아이들과 어울려 노는 대신 혼자 들길, 산길을 쏘다니거나 집안 꽃밭 가에 쪼그리고 앉아 화초들이 자라나는 것을 물끄러미 바라보고 있거나 아침저녁으로 물을 주는 일을 즐겨 했던 기억이 납니다.

그래서 여름방학 때 어머님과 함께 집을 떠나 멀리 떨어진 친척집에 들르게 되면 화초들이 말라 죽을까, 혹은 장대비에 쓰러질까 안절부절 못하고 집으로 빨리 돌아가자고 어머님을 졸라대던 기억이 납니다. 나이가 들어서는 한 10여 년 동안 우리 들꽃을 촬영하러 전국 곳곳을 돌아다닌 적도 있었습니다. 그러다보니 우리나라에서 자생하고 있는 들꽃의 사진은 모두 가지고 있다고 해도 과언이 아닙니다.

그러다 어느 날부터 춘란을 즐겨 키우기 시작했습니다. 춘란이 좋은 이유는 워낙 꽃을 좋아하는데다가 춘란은 생명력이 강하여 물을 자주 주지 않아도 잘 자라기 때문에 게으름뱅이인 저로서는 키우는데 안성맞춤이기 때문입니다. 웬만한 더위나 추위에도 그 푸른빛을 잃지 않고 꿋꿋이 자라고, 늦가을에 꽃대를 올려 길고 긴 겨울동안 개화를 준비하다가 봄에 은은한 연두색 꽃을 피우는데 그 자태가 선비의 자태를 닮아 더욱 좋습니다.

그 춘란보다도 생명력이 더 강한 것이 풍란입니다. 우리나라에서 자생하고 있는 난 중에는 춘란도 있지만 고목이나 암벽에 뿌리를 박고 살아가는 풍란이 있습니다. 풍란의 향은 은은히 멀리 퍼져서 안개 낀 바다에서 표류하고 있는 배의 선원이 풍란의 향을 맡고 육지나 섬이 멀지 않았다는 것을 알았다고 합니다. 풍란을 바라볼 때마다 풍란처럼 절제된 삶을 살아가야 하겠다는 생각을 자주 하게 됩니다.

홀로 가는 도보여행

오랜만에 날이 개이고 맑은 햇볕이 쏟아져 내리네요. 창문 넘어 음지에는 아직도 잔설이 보여 지금이 겨울이라는 것을 말해주고 있지만 유리창을 통하여 들어오는 햇빛은 따사롭고 아늑하기만 합니다.

올 겨울에는 훌쩍 여행을 떠났다 오고 싶었는데, 이런저런 일에 발목이 잡혀 뜻을 이루지 못하고 있습니다. 일정표를 훑어보니 아무래도 이번 겨울여행은 어려울 듯싶군요. 몇 년 전만 해도 자투리 시간을 내어 이곳저곳 여행을 다녔었는데 최근 들어서는 엄두도 내지 못하는 상황이 되었습니다.

내가 즐겨하는 여행은 단연 도보여행입니다. 나이가 들고 경제적으로도 어느 정도 여유가 생겼지만, 아직도 편하게 유람선을 타고 유유자적하거나, 가이드가 모서 다주고, 모서가는 관광 스타일의 여행은 영 성미에 맞지 않습니다. 그래서 돈을 벌기 시작한 자식들이 여행을 보내준다고 하면 손사래를 치는 통에 집사람에게 핀잔을 듣기 일쑵니다. 아직도 청년 시절 그랬던 것처럼 내 몸에 땀을 내고, 고생스러운 과정을 통해 작은 것을 발견해야만 여행다운 여행을 했다는 기분이 드니 사람은 쉽게 변할 수 없나 봅니다.

가급적 혼자 떠나는 것을 원칙으로 하되 맘에 맞는 동료가 있으면 단둘이 여행을 떠납니다. 도보여행 코스 중 내가 즐겨 찾는 곳은 태백에서 동해시까지의 코스와 강릉에서 용평까지의 코스입니다. 태백에서 동해시까지는 거의 내리막길이고 국도를 따라 내려가는 길이라 그리 험하지 않고 힘이 들지 않는 길이라 여름에 즐겨 찾는 곳이고 강릉에서 용평까지는 대관령 옛길을 따라 서울 쪽으로 대관령 옛길을 거슬러 올라가는 길인데 울창한 삼림 속을 헤쳐가기 때문에 주로 가을에 즐겨 찾는 곳입니다.

혼자 도보여행을 하노라면 때론 외롭긴 하지만 그 누구에게도, 그 어느 것에도 얽매이지 않는 자유로움이 있어 좋습니다. 또 걷다 보면 아름다운 들꽃도 만나고 이름 모를 산새의 지저귐도 듣고 청설모나 다람쥐가 애교 떠는 모습도 보고 웅장한 소리를 내며 흘러가는 옥빛 계곡도 만나고 강원도 산악의 산수화 같은 절경을 즐길 수 있어 더욱 좋습니다.

또한 혼자 걷노라면 지난날을 충분히 돌이켜 볼 수 있고, 미래를 준비할 수 있는 좋은 계기를 만들어 주어 좋습니다. 게다가 중년의 뱃살을 빼주는 건강상의 이점도 있으니 일석 몇 조인지 헤아리기도 힘듭니다. 나를 둘러싸고 있는 현안이 바람직하게 조속히 마무리가 되어 해방감을 만끽하며 다시 홀로 떠나는 도보 여행을 다녀오고 싶습니다.

구례여행에서 얻은 수확들

　전남 구례군 신월리에서 전래되어온 잔수농악의 문화재 지정 타당성 조사를 위해 지난 토요일 2박3일의 일정으로 구례를 다녀왔습니다. 구례는 나와는 각별한 인연인 중앙대학교 박범훈 총장과 쌍계사 주지 상훈 스님이 오래전부터 함께 진행하는 불교음악제가 하동 쌍계사에 이어서 구례군 토지면 피아골 불락사에서 이어지고 있어, 행사 참석차 여러 번 다녀 온 적이 있지만 이번 여행으로 구례에 대하여 좀 더 많은 것을 알게 되어 보람 있는 출장 겸 여행이 되었습니다.

　첫 번째의 수확은 이번 방문 목적이기도 했던, 호남 좌도 농악 중 소멸 위기에 있던 보물과 같은 잔수농악을 만난 것입니다. 사장(死藏) 위기에 처한 잔수농악을 발굴한 이는 구례군청 공무원인 박인선 선생으로, 그는 구례지역의 여러 무형문화재들을 발굴해 낸 훌륭한 문화지킴이이자, 나와는 오래전부터 호형호제하는 사이로 지내고 있습니다. 잔수농악은 두등갱이, 돌이뱅뱅, 중중모리 등 다른 지역에서 보기 어려운 특징적인 가락을 갖고 있을 뿐만 아니라 토속적이고 전통적인 면모가 강합니다. 또한 전문적인 치배(풍물놀이에서, 타악기를 치는 사람을 통틀어 이르는 말) 중심이 아닌 마을 공동체에서 농악을 전승하고 있는 점이 주목을 끌 만한 부분으로, 좌도농악의 전통을 새롭게 조명하는 데 매우 가치가 높습니다. 특히 상쇠 김대진 옹은 80세의 고령임에도 불구하고 탁월한 기예를 보여주어, 숨겨져 있던 당대 최고의 상쇠를 발견한 것 같아 절로 탄성이 났습니다. 이분의 모습에서 얼마 전 타계한 진도씻김굿의 명인 박병천 선생의 모습이 자꾸 떠올라 마음이 미묘해졌습니다.

두 번째의 수확은 구례가 동편제의 성지로 재조명되어야 한다는 인식을 갖게 된 점입니다. 송만갑, 유상준, 박봉술 등 판소리의 기라성 같은 선대 명창들이 구례에서 태어나 구례에서 판소리 학습이 이루어졌다는 것도 처음으로 알게 되었고 막대한 군(郡) 예산을 투입하여 〈동편제소리체험관〉이 세워졌다는 것도 처음 알게 되었습니다. 유성준 명창이 살았다는 고택을 방문해 본 것도 의미 있는 일이었습니다. 이 고택은 지금 사람이 살

고 있지 않아 폐가로 방치되어 있어 보존을 위한 조치
가 시급합니다.

세 번째의 수확은 가야금의 명인 서공철 선생이 지금
까지 알려진 것과 달리 경기도 여주 태생이 아니라 구
례가 낳은 명인이라는 사실을 알게 되었습니다.

네 번째 수확은 구례군 토지면 오미리에 있는 조선시
대 명문 양반가의 고택인 구례 류씨 가문의 〈운조루〉를
방문해 본 것입니다. 구례의 류씨 부자는 경주에 있는
최씨 부자와 쌍벽을 이루는 존경받는 진정한 부자로 알
려져 있습니다. 운조루는 영조 52년에 신축되었으며, 신
축 당시에는 78칸으로 지어졌으나 지금은 60여 칸 정도
가 보존되어 있습니다. 운조루에서 가장 인상적이었던
것은 타인능해(他人能解)라고 적혀 있는 거대한 쌀통이
입니다. 이 쌀통은 가난한 이들이 마음대로 퍼 가도록
대문 입구에 마련되어 있었는데, 가난한 이들을 배려할
줄 아는 진정한 부자의 나눔과 배려를 읽을 수 있어 마
음이 흐뭇해지고 숙연해졌습니다.

내가 하는 일의 특성상 여행과 출장의 날카로운(?) 경
계에 서 있는 경우가 많은데 이번 구례 방문은 짬을 내
어 홀로 섬진강 강가를 거닐며 넉넉한 마음의 공간을
마련할 수 있었고, 구례를 전통예술의 성지로 재인식할

수 있는 계기가 되었기에 양쪽 다 만족할 만한 여정이
었습니다.

　이 글을 쓰고 있는 중간에 문화재청에서 금주에 2건
의 보유자지정 심사를 요청해 왔습니다. 또 한 번 여행
과 출장의 날카로운 경계에 서야 하겠습니다.

농부연습

얼마 전 가평에 텃밭을 마련했습니다. 내 오랜 꿈 중 하나를 드디어 이룬 셈입니다. 토요일인 그제는 텃밭에 가서 컨테이너 하우스 앞에 잔디를 심었고 일요일인 어제는 배수를 위한 도랑 정리와 무, 배추를 심기 위한 텃밭 터에 퇴비와 복합비료를 뿌려 놓았습니다. 또한 집 베란다에서 고생하고 지내던 노루귀, 바위솔, 돌나물, 포도나무, 잣나무, 소나무 분재를 원래의 자리인 자연 가운데로 옮겨다 심어 놓았습니다.

어제는 의동생 태화가 대동하여 고맙게도 웬만한 힘든 일을 도맡아 해주었습니다. 노동이라고는 안 해보던 상황에서, 그제 무리해가며 잔디심기 작업을 한 탓인지 온몸이 쑤셔서 힘을 쓸 수가 없더군요. 지금도 온몸이 쑤셔 오네요. 다리를 옮기기조차 힘이 듭니다. 세상 살기 골치 아파 농사나 지어야겠다고 하는 사람들에게 농사는 아무나 짓는 것이 아니라는 것을 일러주고 싶습니다.

다음 주에는 일부 밭두둑에 비닐을 깔아주고 배추 모종을 심고 일부는 얼가리 배추와 무 씨앗을 뿌릴 계획입니다. 과연 잘 해내갈 수 있을지 걱정입니다. 그리고 이번 주에 전봇대도 세우고 나면 전기가 들어온다고 하니, 펌프로 지하수를 퍼 올려 그렇게 고생하던 물 걱정도 안 하게 됩니다. 밭으로 뿐만 아니라 사람이 머물 수 있는 조건은 다 갖추게 되는 셈이지요. 10월경에는 무, 배추 싹도 어느 정도 자라나 텃밭으로서의 모습이 갖추어질 테니 지인들도 초청할 수 있을 것 같습니다. 모르는 일도 아니건만 직접 내가 계획을 세워 내 몸으로 실행을 하니 하나하나가 새삼스럽고 재미있습니다. 이러다가 농사일에 푹 빠져 직장도 내팽개치고 귀향하지 않을까 내 자신이 걱정됩니다.

수확의 즐거움

아침 창문을 열고 하늘을 바라보니 구름 한 점 없이 맑게 개어 있더군요. 기온도 뚝 떨어져 본격적인 가을에 접어들었음을 느끼게 합니다. 이렇게 맑고 푸른 하늘을 본 것이 얼마만인지 기억이 가물가물하기만 합니다. 이젠 오곡이 제대로 여물 수 있도록 지루한 비가 이만 그쳤으면 합니다.

어제 집사람과 함께 텃밭에 다녀왔는데 혹시나 하는 마음에 호미로 밭을 조금 헤집어 보니 탐스럽게 익은 고구마가 줄줄이 딸려 나오더군요. 몇 개만 캐서 냄비에 쪄 먹어보니 무르지도 않고 뻑뻑하지도 않은 것이 맛이 알맞게 들어 순식간에 다 먹어치웠습니다. 비로 인한 흉작 속에서도 호박 농사는 잘 되어 여름 내내 우리집은 물론 시집 간 딸네도 계속 공급해 주었고 우리집 식구들도 충분히 먹었습니다. 어제도 탐스럽게 잘 익은 호박을 여러 개 따왔습니다.

고추 농사도 비교적 잘 되어 쌈 싸먹을 풋고추도 충분히 수확하였고 추석 인사를 올 딸 부부에게 해먹일 등심구이용 깻잎도 충분히 따왔습니다. 콩, 팥 그리고 녹두는 열매꼭지가 달려 있었지만 아직은 수확하기가 이르더군요. 피망 줄기와 오이 줄기는 수확이 다 되어 뽑아버리고 열무김치를 담글 열무 씨를 뿌려 놓았습니다. 다음 주에는 고추 줄기도 뽑아 버리고 그 자리에 얼갈이김치를 담글 배추 모종을 심어 놓을까 합니다.

글을 쓰고 있는 이 순간에 부엌에선 집사람이 딸 내외에게 해먹일 점심 준비에 여념이 없네요. 집사람의 불호령이 떨어지기 전에 이만 부엌으로 거들러 가야겠습니다.

오랜만에 찾은 고향에서

갑자기 시간의 여유가 생겨 가장 행복했던 유년 시절을 보냈던 강원도 화천군 상서면 장촌리와 가장 암담했던 청소년 시절을 보냈던 인천시 중구 용동을 찾아가 보았습니다. 딱히 특별한 이유가 있었던 것은 아니고, 언제부터인가 마음 한 구석에서 다시 한 번 가봐야 겠다는 생각이 들었습니다. 어쩌면 곧 들이닥칠 큰 변화에 앞서 내 자신을 정리해 두고 싶은 이유도 있었던 것 같습니다.

화천 중에서도 오지에 위치한 장촌리는 초등학교 3학년 때 1년간 살았던 곳이니까 만 45년만의 방문인 셈입니다. 당시에 직업군인이었던 아버님의 소속 부대가 장촌리에 위치하였던 관계로 우리가족은 부대 주변에 보금자리를 꾸미고 단란하게 약 1년간 살았던 기억이 있습니다. 집으로부터 초등학교까지는 도보로 약 1시간가량 걸렸지만 등하교 길이 힘들기는커녕 즐거웠고 학교

생활도 마냥 즐거웠던 것 같습니다. 다행히 조금은 개량이 되었지만 내가 살던 집이 그대로 남아 있어 감개가 무량하더군요.

장촌리에서 차를 돌려 강원도에서의 초등학교 1년간을 빼놓고는 태어나서부터 청소년기까지 가장 암담한 시절을 보냈던 실질적인 고향 인천의 중구 용동을 가보았습니다. 용동은 많이 변해 있었지만 아직도 구옥들과 그 흔적이 조금은 남아 있어서 아픈 추억들이 다시금 떠오르더군요. 당시 나는 외톨이 아닌 외톨이로서 모든 문제를 나 혼자 해결해야했고 아픔도 나 혼자 삭혀야만 했습니다.

그 암담함을 극복하고 현재에 이르렀지만 지금 또 다시 인생의 전환점(epoch—making period)에 서 있다는 것을 느낍니다. 부질없는 공명심과 이기심 보다는 훗날 과거를 돌이켜 볼 때 그때의 결정이 정말 옳았다는 결정을 하고 싶습니다. 지금까지는 특정한 사람이나, 학교를 위한 일에 내 온몸을 던져 일을 해왔다면 지금부터 여생은 내 자신을 위해 살고 싶은 것이 솔직한 심정입니다. 과연 이 생각이 옳은 것일까요?

옛 벗을 만나는 설렘

아침 안개가 자욱하게 깔렸습니다. 언제나 그렇듯이 아침 안개에 잠긴 도시는 훨씬 안정된 느낌을 줍니다. 마음도 차분하게 해주구요. 살다 보면 내 추억의 한 페이지에 마음의 한 부분을 자리 잡았던 사람들이 지금은 어디에 있는지 어떻게 살고 있는지 그 모습이 어떻게 변하였는지 궁금해질 때가 있습니다.

요즘은 인터넷이 발달해 있어서 운이 좋으면 인터넷 포털 사이트의 검색창이나 페이스북 혹은 싸이월드의 검색창에 이름을 입력해 넣어 보면 그리운 사람들의 삶의 흔적을 알아 볼 수가 있습니다. 그런데 안타깝게도 정작 내가 꼭 만나보고 싶은 사람들은 아무리 그 이름들을 입력해 보아도 그 흔적을 찾아 낼 수가 없네요. 내 경우는 그리 유명 인사도 아니건만 어떤 포털 사이트든 간에 검색창에 내 이름 석 자만 쳐 넣어도 나의 과거와 현재의 모습들을 알아낼 수가 있어서 그 사람들이 의지만 있어도 나를 쉽게 찾아낼 수 있을 것이고 소식도 전해 줄 수 있으련만 하고 약간은 섭섭해지기도 합니다.

하기야 그 사람들이 나와 교감을 가졌던 그 당시와는 서로의 환경이 너무나도 변하여 만난다 하여도 서먹할 수밖에 없는 경우도 있을 것이고, 막상 만나면 변해버린 서로의 모습에 실망을 하게 되어 차라리 마음속의 앨범에 서로를 담아 두는 것이 좋았을 것이라 후회할 수도 있을 것입니다. 그래도 보고 싶은 그 사람들의 현재의 그 모습이 궁금해지는 것은 어쩔 수가 없네요. 그래서 내일이 더더욱 기대됩니다.

내일은 경남 산청에 출장을 갔다가 올라오는 길에 대구에 들르려고 합니다. 그곳에 절친한 고등학교 동창들이 몇 있는데 함께 어울려 일잔 걸치면 어김없이 전화를 걸어 혀 꼬부라진 목소리로 번갈아 저의 이름을 부르며 보고 싶다고 합니다. 그래서 내일은 무리를 해서라도 그들과 회동하여 회포를 풀어보려고 합니다. 벌써부터 마음이 들뜨네요.

저는 서울역 뒤 만리동에 자리 잡은 양정고등학교를 나왔습니다. 돌이켜 보면 그 시기는 개인적으로 참으로 견디기 힘든 시절이었습니다. 제가 고등학교에 다니던 시절은 힘들지 않았던 사람들이 없었습니다만 특히 저는 더욱 어려웠습니다. 왜냐하면 당시 가정 형편상 부모와 떨어져 학교에 다니고, 먹고, 입고, 자는 것을 저 스스로 해결해야만 하는 어려운 입장에 있었으니까요. 방황도 많이 했었고, 모든 것이 너무 힘들어 죽어버릴까 하는 생각도 했습니다. 몇 차례나 학교를 그만 두려 한 적도 있었습니다. 그때마다 저를 지켜준 것은 눈물로 공감해주며 따뜻한 정으로 감싸준 친구들이었고, 좌절과 절망의 순간마다 용기를 불어 넣어주셨던 선생님들과, 제가 좋아하는 문학이었습니다.

지금도 당시에 끼적거렸던 메모와 낙서를 소중히 간직하고 있습니다. 당시에 써 놓은 제 시를 보면 제가 어떠한 마음으로 그 시절을 보냈는지 짐작하실 수 있습니다. 그 당시의 친구들을 내일 만납니다. 지금은 중년 티가 물씬 풍기는 그들이지만 제게는 아직도 유년의 친구들이며 농익은 막걸리 같은 그런 친구들입니다.

세시봉, 그리고 나의 70년대

오늘은 오랜만에 휴일의 한가로움을 누리며 난 화분의 분갈이도 하고 텔레비전도 시청하면서 하루를 보냈습니다. 오후엔 1970년대 통기타 가수를 대표하는 뚜엣 가수인 송창식과 윤형주로 구성된 '트윈폴리오'와 그들과 어깨를 나란히 하며 가수 활동을 하던 김세환, 조영남, 이장희 등이 '세시봉'이라는 텔레비전 프로그램에 나와 그들의 전성기 시절에 불렀던 낯익은 노래를 불렀는데, 경쟁자이면서도 친구였던 그들의 우정이야기가 가슴 뭉클하게 다가왔습니다.

그들의 노래와 이야기를 듣자니 나의 청년기였던 1970년대의 추억들이 긴 수면 속에서 깨어나더군요. 마치 홍역을 앓듯 짝사랑에 마음 아파했던 때 유행하던 노래를 그들이 불러줄 때는 다시 그 아팠던 기억이 바로 어제 일이었던 것처럼 떠오르기도 했습니다. 그 추억은 아스라이 떠오르는데, 정작 그때 그 사람의 모습은 언뜻언뜻 또렷하게 떠오를 듯 하면서도 잔영처럼 떠오르지 않는군요.

1970년대는 나에게는 순수와 열정의 시절이었고 고통의 시절이기도 하였습니다. 시에 빠져 살았으나 시를 쓰면 쓸수록 미궁 속에 빠진 시절이었습니다. 사랑에 빠졌으나 이룰 수 없었고 그 상처로 패닉상태에 빠져 아무 것도 할 수 없었던 때였습니다. 유신체제에 반기를 들고 정의감에 불타 온몸을 바쳐 학생운동을 하였으나 결국은 만신창이가 되어 군대에 끌려가 별 험한 꼴들을 겪어야했고, 감시 대상으로 3년을 보내야했습니다.

그렇게 나의 70년대는 갔습니다. 그런데도 오늘 '세시봉'이라는 프로그램을 보며 그래도 그때가 다시 그리워지는 것은 그때가 나의 순수함과 열정이 가장 뜨거웠던 시절이었기 때문이 아닐까 합니다.

그때 그 사람들은 지금쯤 어디에, 어떻게 살고 있을까요? 지금쯤 어떻게 변해 있을까요?

인연(因緣) 그리고 소통의 어려움

살다 보면 이런 저런 일로 단순히 섭섭하다 마는 그런 차원을 넘어 마음의 상처를 받는 경우가 허다합니다. 신뢰하였던 사람들로부터 받은 배신감, 불의에 대한 울분, 부당한 처사에 대한 억울함 등이 그 대부분입니다. 그러한 경우를 미연에 예방하여 경험하지 않는 것이 상책이지만 그런 일들은 대부분 의지와는 관계없이 벌어집니다. 그런 일들은 곱씹어 보면 볼수록 마음이 아프고 분하고 억울하기만 합니다. 그렇다고 마음에 상처를 준 상대를 혼내주거나 복수로 되갚아주자니 그런 사람과 이전투구를 하는 것도 그렇고 자신이 결국 그런 사람과 똑 같아지는 꼴이니 이러지도 저러지도 못하고 속으로 끙끙 가슴앓이를 하게 되지요.

요즘은 내가 좋아하고 아끼던 후배와의 갈등 문제로 마음이 좀 무겁습니다. 서로간의 소통 장애라고 할까요? 내 입장으로 보면 일방적으로 당한다는 느낌입니다만 곰곰이 요즘의 정황을 생각해 보면 그 후배가 나에게 섭섭한 점이 있을 듯도 합니다. 사람과 사람사이의 소통은 아주 쉽게 되다가도 어느 때는 평생 의절하게 될 정도로 소통이 단절될 때도 쉽게 찾아옵니다.

요즘의 일을 겪다 보니 대학교 2학년 때의 일이 떠오르네요. 학기 초에 신입생 환영 회식이 있은 후 갑자기 우리 과 동급생 한 친구가 나는 물론이고, 우리 과의 어느 누구에게도 말도 건네지 않고 어울리지도 않는 것입니다. 말을 건네도 묵묵부답이었고, 수업이 끝나면 바로 집으로 가버리는 것이었습니다. 그 친구가 갑자기 왜 그러는지 전혀 이유를 몰랐습니다. 그런 시간이 한 달 두 달을 넘어 한 학기가 다 가도록 변함이 없는 것이었습니다. 나뿐만 아니라 동기들도 친구의 그런 행동이 너무나 부담스럽게 느껴졌습니다. 그래서 어느 날 밤 동기 몇 명과 함께 그 친구 집으로 찾아가 그 이유를 물었습니다. 그러나 역시 묵묵부답, 우리와 상종조차하려 하지 않았습니다.

그 친구 집을 방문하기를 여러 차례 거듭한 후에야 그 친구가 간신히 말문을 열었는데, 신입생 환영 회식 때의 일을 이야기하는 것이었습니다. 물론 우리들 모두는 그 때의 일을 세세히 기억하는 사람들은 없었습니다. 그 친구의 말은 대충 이렇습니다. 신입생 환영 회식 때 당시 과대표인 내가 사회를 보며 새내기들에게 선배들을 한 명 한 명 소개했는데 자신만 빼고 넘어 갔다는 것입니다. 그래서 내가 그렇게 했을 리가 없지만, 만일 그랬다면 그 때 회식 분위기가 어수선하여 실수로 그랬을 것이라 변명을 하자 그 친구는 "그것은 너나 너희들이 나에게 말로만 친구라고 했지 평소에 나를 하잘것없이 여겼기 때문에 빚어진 일이다. 그리고 그 당시 현장에 있던 친구들도 후배들에게 나를 소개하지 않고 지나갔다는 것을 알았을 텐데, 그것을 지적해주지 않았던 것도 똑같은 맥락이다. 나는 그날 후배들 앞에서 깊은 수치감과 너희들에게 심한 배신감을 느꼈다. 나는 그래서 너희들과 다시는 상종을 하지 않기로 했다."라고 정색을 하며 말하는 것이었습니다.

그 친구에 대한 나의 좋은 감정과, 그때 일에 대해 아무리 변명을 하고 사과를 해도 그 친구는 요지부동이었으며, 2학기에는 아예 휴학을 해버리고 우리를 떠났습니다. 사람과 사람사이의 소통에 있어 서로의 생각이 크게 다를 수 있다는 교훈을 남겨준 일이었습니다. 지금 생각해도 안타깝고 마음이 아픈 추억입니다.

그때의 일이 새삼스레 떠오르는 것은 요즘 인간관계

의 불편함에서 벗어나고 싶기 때문입니다. 그렇다고 내가 떠나는 식으로 해결하고 싶지는 않습니다. 그렇게 하는 것은 미봉책이지 근본적인 해결책이 아니란 것을 잘 알고 있습니다. 권위를 이용해 상대방에게 이해를 강요하는 것도 방법이 아닙니다. 이번 일의 경우처럼 그 후배가 나를 이해하고 다가오기를 기다리는 것이 가장 좋은 방법일 듯합니다.

그 일과 더불어 요즘 이런 저런 현안들로 바쁘고 힘이 듭니다. 어제는 일요임에도 불구하고 저녁 늦게 일을 끝내고 집으로 돌아가면서 그 후배가 마음에 자꾸 걸려 마음을 풀어주려고 전화를 걸어 술이나 한잔 하자 했더니 지금은 술 마시고 싶지 않다 하더군요. 그 후배에 대한 섭섭함 때문이 아니라 요즘의 내 자신의 처지에 외롭고 허탈한 마음이 들어 혼자 몇 잔 마시고 집으로 돌아갔습니다. 그러나 태양은 다시 떠올랐고 다시 열심히 뛰어야겠지요?

무욕무환(無慾無患)의 어려움

요즘 미디어에 전 동국대 교수 신정아씨와 전 청와대 변양균 정책실장의 스캔들 기사로 세상이 시끄럽습니다. 세상의 보편적 도덕기준으로 보면 언론에 드러나 있는 이 두 사람의 행적은 분명 비판받아 마땅합니다. 그러나 지금까지의 경험으로 비추어 볼 때 진실은 언론에 보도된 것과는 분명 차이가 있을 것이며, 그들 나름대로 불가피한 정황들이 있었을 것입니다. 무자비한 언론과 여론의 질타 속에서 몰락하고 있는 이 두 사람을 바라보며 요즘 세상사 모든 행태들의 부정적 단면이 그들의 행적을 통하여 그대로 투영되어 보이는 것 같아 마음이 씁쓸해집니다.

또한 자신의 역량을 뛰어넘는 과도한 욕망과 거짓이 잘못된 부분에 대한 응징뿐만 아니라 자신의 모든 것을 앗아가 버리고 그를 아끼고 사랑했던 사람들에게까지 씻을 수 없는 상처를 남겨줄 수 있다는 것을 보게 됩니다. 이러한 사람들을 가리켜, 불쌍한 영혼이라 하던가요?

옛 성현의 말씀 중에 무욕무환(無慾無患)이라는 말이 있습니다. 욕심이 없으면 근심도 없다는 뜻이지요. 따지고 보면 모든 고통의 원인은 욕심에서 출발합니다. 그러나 욕심이 없다면 삶은 밋밋해질 것이며, 발전 또한 없을 것입니다. 그래서 적절한 욕심은 삶의 동력이 된다고 생각합니다. 문제는 자신의 역량을 뛰어넘는 욕심, 거짓을 무기로 하는 욕심, 남의 희생을 밟고 서려는 욕심이 문제라 생각합니다.

살다 보면, 쓸데없는 일에 집착하고, 쓸데없는 일에 자존심을 걸고, 쓸데없는 욕심을 갖게 되는 내 자신을 발견하게 됩니다. 그래서 늘 자기 자신을 경계하는 마음가짐이 필요할 것 같습니다. 남 말만 할 것이 아니라 요즘 내가 어떠한 모습으로 살고 있는지 잠시 가던 길을 멈추고 여유를 갖고 생각해봐야겠습니다.

무자년(戊子年) 새해를 맞으며

무자년 새해가 밝았습니다. 텔레비전을 즐겨 보는 취향이 아닌데도, 어제는 늦은 시간까지 맥을 놓다시피 하고 텔레비전을 틀어놓았습니다. 어쩌면 요즘 이런저런 일로 심란한 마음이 끈질기게 따라다녀서 그렇게 해서라도 잠시라도 벗어나고 싶어서 그랬을 것입니다. 그랬던 탓인지 집사람이 베란다에서라도 신년 일출을 보라고 흔들어 깨우는데도 몸이 천근만근이라 새해맞이도 제대로 하지 못했습니다.

지난 2년은 내가 몸담고 있는 서울국악예술고등학교의 국립화라는 목표를 정해 놓고 나의 온 마음과 몸을 던져 뛰고 또 뛴 시간이었습니다. 학교의 법인 이사장이자 중앙대학교 총장인 박범훈 교수가 사령탑이 되어 총지휘하였고, 황윤원 중앙대 부총장이 풍부한 인적 네트워크로 국립화에 부정적 입장을 보이는 국회, 교육인적자원부, 기획재경부, 행정자치부, 법제처 등 유관 기관들을 설득하여 굵직한 난제들을 풀어주었습니다. 김덕수 총동문회장은 폭넓은 인간관계를 기반으로 정, 관계 인사들을 끊임없이 접촉하여 국립화의 당위성을 설득해 주었고 나는 그 바탕 위에서 관련부처의 실무자들과 접촉하면서 국립화를 차근차근 추진하였던 것입니다.

그렇게 하여 12월 국립학교 설치령 개정안 입법예고가 이의제기 없이 끝나고, 12월 29일 2008년 정부예산안이 통과되면서 드디어 국립화의 꿈이 현실로 이루어졌습니다. 나의 사랑스러운 제자들에게 국립화라는 커다란 선물을 안겨주는 데 일조한 것에 보람을 느낍니다.

이제 남은 과제는 국립화를 위한 착실한 준비와 국립학교의 명성에 걸맞은 학교를 만드는 일입니다. 진정한 국립화는 어쩌면 이제부터가 시작이라 할 수 있습니다. 이제 3월까지 제반준비에 만전을 기해야 하며 또 새롭고 제대로 된 국악교육을 시키겠다는 선생님들의 각오도 다잡아야 합니다. 그러기 위해서는 무엇보다 우리 공동체 내에서 진지한 논의가 필요하다고 생각합니다.

그동안 국립화를 추진하는 과정에서 일각에서 제기했던 철저한 준비 없는 졸속 추진이니, 지방 국악계를 황폐화시킨다니 하는 여러 주장들이 기우이며, 반대를 위한 반대였다는 것을 증명해 보이기 위해서는 저의 역할이 아직은 남아 있다고 생각합니다.

그런데 우리학교는 아직 학교 공동체 내의 화해와 융합이 원만히 이루어지지 못하고 있습니다. 그것이 요즘 저의 고민이며, 과제입니다. 아무쪼록 모든 문제가 조속히 원만하게 해결되어 국립화를 향한 힘찬 비상을 시작하기를 간절히 염원해 봅니다.

인욕정진(忍辱精進)의 시간들

맑게 갠 가을 아침입니다. 창문을 통해 간간이 불어오는 바람이 한층 싱그럽습니다. 구름 한 점 없는 푸른 하늘을 바라보다 보면 나도 모르게 온몸이 한없이 하늘 속으로 빨려 들어가는 듯한 느낌이 듭니다. 여객기 한 대가 하늘에 하얀 꼬리 선을 그으며 어디론가 날아가는군요. 문득 미지의 이역 땅으로 훌쩍 떠나가고 싶은 충동에 쌓이는데 그럴 용기가 없습니다. 모든 통신을 끊고 아무도 없는 곳에서 며칠만이라도 푹 쉬고 싶습니다. 언젠가 그럴 수 있는 시간이 오리라 희망을 가져봅니다.

어제도 쫓기듯 하루를 보냈습니다. 새벽에 집을 나서서 빡빡한 일정을 보내다 자정이 훨씬 넘은 시간에 집으로 돌아왔습니다. 아마도 이런 생활이 지난 수년간 지속되었던 것 같습니다. 이런 생활이 시작된 것은 몇 년 전 나에게 닥친 불행스러운 시련에 기인된 것이지요.

당시 모든 환경이 급격히 악화되었고, 나의 명예도 엉망진창이 되어 진흙탕 속에 쳐 박혀지고 말았습니다. 그 때는 배신감, 억울함, 분노, 복수심, 좌절감 등 온갖 부정적 감정에 휩싸여 지냈습니다.

그러나 구겨진 나의 명예를 되찾고 평소 꿈꿔왔던 이상을 반드시 실현하기 위해서는 영점(零點)의 마음으로 몇 배 열심히 뛰리라 결심했습니다. 그날부터 오늘까지 하루도 쉬지 않고 끊임없이 내 자신을 업그레이드시키면서 뛰고 또 뛰었습니다.

당시에 저의 노은사(老恩師)께서 좌절하고 있던 나를 안타깝게 바라보시면서 인욕정진(忍辱精進)하라 하신 격려의 말씀이 큰 힘이 되었습니다. 그리고 그동안의 고행의 시간들은 헛된 시간만은 아니었습니다. 지금에 와서는 오히려 약이 된 점도 있었습니다. 내가 쏟아부은 노력에 대한 결과의 시간이 서서히 다가오고 있음을 느낍니다.

하지만 아무리 내 목적의 실현이 중요해도 나의 인성마저 황폐화시켜서는 안 된다는 원칙만은 지키고 싶었습니다. 그러기 위해서는 늘 나를 성찰하며, 때론 가던 길을 멈추고 푸른 하늘도 잠시 바라보고, 길가에 피어난 들국화 한 송이에게도 눈길을 던지는 여유는 가져야겠지요?

30년 몸담았던 학교를 떠나며

학교 교정에 교직자로서 첫발을 디뎠을 때 모든 것이 새롭고 신기하기도 했지만 과연 내가 학생들의 참 스승으로서의 길을 잘 걸어갈 수 있을지 두려움이 컸습니다. 당시에는 전통예술에는 문외한이었기에 전통예술을 조금씩 알아가는 것에 보람을 느꼈고 조금이라도 더 일찍, 더 많이 전통예술을 이해하기 위해서 틈만 나면 제자들의 전공수업 및 전문교과 수업을 참관하고, 방과 후에는 관현악 연습, 개인 전공연습, 무용연습, 농악연습 등 특별프로그램을 참관하는 것을 생활화하곤 했습니다.

저의 관심과 노력이 제자들의 자기개발과 발전에 도움을 주리라는 믿음에서 학교 내이든, 밖이든 제자들과 가급적 많은 시간을 함께 하려고 했고 귀가를 해서는 학생들의 수업 보조 자료를 만드는 데 밤을 새워가면서 많은 시간을 할애했던 기억이 납니다. 그래서 집사람으로부터 불만 어린 힐책도 많이 받았습니다.

지난 2년 동안은 내가 30년간 몸담고 있었던 서울국악예술고등학교의 국립화라는 하나의 정점을 향해 내 모든 것을 바쳐 힘겹게 뛰어왔습니다. 이제 그 목표는 실현되었습니다. 그러나 이제는 그 목표가 나에겐 의미가 없는 허망한 허상이 되었습니다.

솔직히 내가 그 목표를 위해 온몸을 던져 뛰었던 것은 결단코 내 개인의 영달을 위한 것은 아니었습니다. 또한 졸업시킨 제자들에게 그들이 졸업한 학교가 국가로부터 정당한 평가를 받아 국가를 대표하는 국립학교로 우뚝 서게 되었다는 자부심을 부여하기 위해서만은 아니었습니다. 현재 재학 중인 제자들이 국립학교 학생으로 가슴을 펴고 국비장학생으로 전통예술을 공부하게 하려는 것만도 아니었습니다.

진정으로 가장 내가 원했던 것은 미래사회가 원하는, 글로벌 시대에 세계문화 시장이 요구하는 역량 있는 공연예술가들을 육성할 수 있는 학교를 만들어 보고 싶었으며 해방 후 잘못된 국악교육을 바로잡아 전통적인 교육방식에 기반을 둔 진정한 예인교육을 시키고 싶어서였습니다. 그러나 이러한 교육을 기획하고, 집행하며 지원을 이끌어 학교를 발전시킬 지도자가 보이지 않는 현 상황에서 나의 역할을 끝내야 하는 것이 못내 아쉽습니다.

그러나 그것도 학교의 명운이며 나의 명운이라 생각합니다. 아무쪼록 30여 년 동안 내 몸처럼 아끼고 사랑했던 이 학교가 무궁한 발전을 이룩하기를 기원합니다. 앞으로 이 학교를 이끌어 갈 지도자는 교육을 알고, 학교 행정도 알고, 예술도 알며, 미래를 예견하여 미래를 기획할 줄 알며, 폭넓은 인적 인프라를 갖추고 그것을 바탕으로 학교를 발전시킬 지원을 이끌어 낼 수 있는 능력을 갖춘 종합적 역량을 갖춘 지도자가 정해졌으면 합니다.

무엇보다도 경계할 것은 역량은 부족하면서도, 자신의 영달을 꾀하고자 하는 사람이 이 학교를 넘보지 않기를 진심으로 바랍니다.

씁쓸한 공로상

지난 9월 16일 KBS홀에서 국립전통예술중고등학교 총동문회가 주최하는 국립전통예술중고등학교 개교 50주년 기념 민족예술대동제가 열렸습니다. 당일 대동제는 총 3부로서 1부는 국립전통예술중고등학교의 개교로부터 지금까지 50성상의 역사를 더듬어보고 미래를 다짐하는 다큐 영상 방영과 최종실 총동문회장의 개회 인사, 국립전통예술중고등학교의 발전에 공적이 있는 분들에 대한 공로패 및 감사패 전달과 국립전통예술중고등학교가 배출한 동문 중에서 모교를 빛낸 가장 자랑스러운 동문에게 주는 시상으로 구성되었으며 2부와 3부는 졸업생들과 재학생들이 펼치는 공연으로 구성되었습니다.

국립전통예술중고등학교 국립화 추진 공적을 인정하여 총동문회가 나에게 공로상을 수여하기로 했다는 전갈을 받고 KBS홀로 향했습니다. 돌이켜보면 국립전통예술중고등학교에 내 모든 청춘을 바쳤다고 하여도 과언이 아닐 것입니다. 지금은 학교를 떠나 있어도 학교의 무궁한 발전을 기원하는 나의 마음은 변함이 없으며 앞으로도 그러할 것입니다.

당일 관객들 중 국립전통예술중고등학교의 교직원들이 참석할 것이 분명하였기에 국립전통예술중고등학교 교사로서 30년간의 교직 생활을 마감하고 지난해 2월 말 명예퇴직하면서 동료 교사들과 석별의 자리를 함께 하지 못한 채 쓸쓸히 교정을 나섰던 나로서는 다시 재회를 해야 하는 나로서는 복잡한 마음이 들었습니다.

가령 내가 과오가 있어 학교를 그만 두는 경우였다 하더라도 떠나는 동료 교직원에게 밥한 끼 대접해서 보내는 것이 우리네 인정일 텐데 참으로 냉정한 사람들이라 원망도 했었기 때문입니다. 그러나 늦게나마 총동문회 측으로부터 학교 발전에 대한 나의 공적을 인정받고 명예를 회복하는 장이 마련되었다는 것은 위안이 아닐 수 없으나 정작 나의 공적을 인정하고 감사의 뜻을 전해해야 할 것은 학교 측인데 동문회 측에서 공로상을 수여한다하니 학교 측의 편협한 마음에는 쓸쓸한 마음이 듭니다. 언젠가는 뉘우치는 날이 오겠지요. 그래도 변함없이 나를 따라주는 졸업생 제자들이 있기에 30년 교직생활의 보람을 느낍니다.

학자적 양심

오늘 평소에 잘 알고 지내던 분으로부터 한 통의 전화를 받았습니다. 현재 진행 중인 무형 문화재 종목 지정 건으로 장시간 통화를 하였는데 말씀의 요지는 흔들리지 말고 학자적 양심을 지켜달라는 당부의 말씀이었습니다. 참으로 고마운 분입니다.

문화재 전문위원으로 활동을 하다 보면 이런저런 청탁성 부탁도 들어오고 얽히고설킨 인간관계 때문에 예능보유자나 전수교육조교 선정에 참여할 때 솔직히 마음이 흔들리는 경우도 있었습니다.

그러나 내 나름대로는 학자적 양심을 지켜 왔다고 생각합니다. 그러하였기에 평소 가까웠던 사람들과 인간관계가 단절되거나 서먹해지기도 하고 쓸데없는 구설수에 휘말려 괴로운 시간을 보냈던 경우도 있었습니다.

한 가지 예로 오래전부터 나의 일이라면 발 벗고 나서서 도와주던 후배가 문화재지정 건과 관련하여 간절한 부탁을 한 적이 있었는데 고민 끝에 학자적 양심을 저버릴 수가 없어 거절한 적이 있었습니다. 그 일로 그와의 관계가 서먹해진 데다, 설상가상 격으로 그 일이 있고 얼마 지나지 않아 그와 경쟁 관계에 있는 신문에 내 원고를 게재하게 되었는데 그 일로 그는 나와의 관계를 완전히 단절해버렸습니다.

그 후배와 경쟁 상대에 있는 신문사로부터 원고 청탁이 들어와서 왔을 때 그 후배가 서운해 하지 않을까 걱정을 하지 않은 것은 아니었습니다. 그러나 신문에 학문적인 원고를 게재하는 것은 사적인 일과는 별개의 문제라는 판단에서 원고를 넘겨주게 된 것이었습니다. 그래도 시기적으로 그 판단은 더 시간을 갖고 유보하였더라면 더 좋았을 일이었습니다. 그와 경쟁 상대에 있었던 신문에 내 원고를 게재한 일은 그러지 않아도 나에게 서운한 감정을 갖고 있었던 그 후배에게는 받아드릴 수 없는 배신으로 받아드려졌던 모양입니다. 그 일로 그 후배와의 관계가 심각하게 손상된 일은 두고두고 가슴 아픈 일이 아닐 수 없습니다. 비록 그는 아직도 나에 대한 감정을 풀고 있지 않지만 그에 대한 애틋하고 고마운 나의 감정은 아직도 변함이 없습니다.

그러한 일로 힘겨워질 때마다 나를 믿어주고 아껴주

는 분들을 떠올리며 다시 힘을 내었습니다. 현재 진행 중인 무형문화재 지정 건은 참으로 뜨거운 감자와 같습니다. 후일 후학들로 부터 손가락질 받는 일이 없도록 그리고 어려운 환경 속에서 예술의 길을 걸어온 전승자들이 나의 미숙함과 오판으로 인하여 상처를 받거나 불이익을 받지 않도록 검증하고, 또 검증하려 합니다.

세상에서 제일 힘든 일은 역시 사람의 일을 다루는 것이네요.

국악의 노래

어제 밤에는 평소 친분이 두터운 국악인 몇 분과 어울려 술 한잔했습니다. 모임에 어떤 특별한 이유가 있었던 것이 아니라 서로 바쁘게 지내다 보니 만날 기회를 마련하기도 어렵기도 하고 얼굴도 보고 싶고 해서 거의 번개팅 수준으로 서로 급히 연락을 하여 모임을 가졌습니다.

어제의 모임은 술과 잔잔한 담소로 시작하였으나 취기가 돌자 악가무를 곁들여 한판 벌렸습니다. 모두들 자기 예술 영역에서 내로라하는 분들이라 흘러간 대중가요를 불러도 그 안에 우리 전통음악의 제(토리)가 담겨 있어 소리의 맛이 더하더군요.

흥이 돋우어지자 우리의 전통 춤사위가 더해지고 국악인 중 한 분이 즉흥으로 곡을 만들어 노래를 부르셨는데 즉흥 가락에 고 기산 박헌봉 선생님의 〈국악의 노래〉 가사를 얹혀 부르는 것이었습니다.

박차여라! 나아가세! 어두운 세상에 횃불을 밝혀라!
잃었던 국악을 다시 찾자! 그러자 누가 먼저라고 할 것
도 없이 우리는 고 기산 박헌봉 선생님 작사, 고 향사
박귀희 선생님 작곡의 〈국악의 노래〉를 함께 목 놓아
부르기 시작하였습니다. 〈국악의 노래〉는 언제 들어도
가슴이 뭉클해지고, 피를 끓게 하는 명곡입니다. 잘 모
르는 분들을 위해 꼭 소개해 드리고 싶습니다.

국악의 노래

—박헌봉 작사 / 박귀희 작곡

1. 고운 산과 맑은 물 금수강산 이 나라

   예의미풍 노래하니 문화민족이 이 아니냐.

2. 씩씩하고 순결하게 삼천만 겨레 피가 뛴다.

   같은 혈맥 나의 겨레 웃음의 융화도 우리 국악.

3. 고유전통 이어오는 반만년 역사가 장할시고

   생활정서를 나타내는 향토의 예술이 우리 국악.

4. 억압천대 물리쳐라 불멸의 치욕이 어인 일고

   그릇된 망념 씻어 버려라 새로운 문화를 건설하세.

5. 우리나라 오랜 나라 우리 문화 빛난 문화

   문화예술을 발전시켜 세계만방에 자랑하세.

(후렴) 박차여라 나아가세 어두운 거리에 햇불을 밝혀라. 잃
었던 국악을 다시 찾자.

다음 주 금요일(17일) 저녁 7시에 국립국악원 예악당
에서 고 향사 박귀희 선생님의 15주기 추도 기념공연이
있습니다. 그때 다시 예악당에 〈국악의 노래〉가 힘차게
울려 퍼지게 되겠지요.

다시 가라 하면 나는 못 가네

저는 노래 부르는 것을 즐겨하는 편입니다. 그래서 가끔 친구들이나 친지들과 얼큰하게 소주 한잔을 걸치고 나면 노래방에 가서 어울려 노래를 부르는 것을 즐겨합니다. 젊은 시절에는 어니언스의 노래를 즐겨 불렀는데 그중 특히 '편지'라는 노래를 즐겨 불렀지요. '편지'의 가사에는 젊은 날, 사랑 때문에 아파했던 추억이 고스란히 담겨 있었기에 그랬던 것 같습니다.

요즘에는 특별한 애창곡이 없이 트로트, 발라드, 팝까지 다양한 장르의 노래를 골고루 부르는 편입니다. 지난해 말에 누군가 노래방에서 가수 류계영 선생의 '인생'이라는 노래를 불렀는데 그 노래의 가사가 마치 내 자신의 과거를 그대로 노래한 것 같아 마음에 깊숙이 다가오더군요. 가사 중 특히 "굽이굽이 살아온 자욱마다 / 가시밭길 서러운 내 인생 / 다시 가라하면 나는 못 가네 / 마디마디 서러워서 나는 못 가네" 이 부분이 특히 공감이 가는 부분입니다.

사람들은 흘러간 과거에 대하여 아련한 연민을 가질 수밖에 없습니다. 그래서 '과거로 다시 돌아갈 수 있다면' 혹은 '아름다운 과거', '과거가 정말 좋았어' 이러한 말들을 쉽게 합니다. 그러나 나에게 과거란 "굽이굽이 살아온 자욱마다 / 가시밭길 서러운 내 인생"이었기에 "다시 가라하면 나는 못 가네 / 마디마디 서러워서 나는 못 가네"입니다. 돌이켜보면 나의 유년과 청소년 시절은 상처투성이로 얼룩져 있기에 다시 가고 싶지 않은 과거일 뿐입니다. 지금의 삶은 완벽하지는 않지만 과거와 비교해 보면 그런대로 행복한 삶입니다.

'승무'라는 불후의 명시를 남긴 청록파 시인 고 조지훈님께서 "내가 수많은 시를 썼지만, 대중가요 가사 안에 인생이 너무나도 잘 표현되어 있다"는 말을 남겼다고 합니다. 고 조지훈님의 말씀대로 대중가요 속에는 우리네 삶의 역정과 희로애락이 잘 배어져 있기에 직업과 학력 노소를 초월하여 대중가요를 즐겨 부르는 것이겠지요.

지금도 가수 류계영이 부른 '인생'이라는 노래의 선율이 머릿속에 자꾸만 맴돕니다.

모든 사람들이 평화롭게 함께 사는 세상

제가 제일 좋아하는 팝송은 존 레논(John Lenon)이 부른 불후의 명곡 '이매진(Imagine)'입니다. 담담하고 잔잔하게 전개되는 선율도 좋지만 한 편의 시 같은 노랫말이 더욱 좋습니다. 늦은 밤 혼자 서재에 앉아 듣고 있노라면, 특히 'Imagine all the people, Living life in peace (모든 사람들이 평화롭게 함께 사는 세상을 상상해 보세요)'라는 구절이 몽상의 세계에 빠지게 합니다. 그런 세상은 꿈에서나 가능할까요?

지구상에는 서로 얼굴색이 다른 여러 인종과 민족으로 나누어져 약 64억 명의 인구가 살고 있습니다. 그들 중에는 먹고 사는 것에 걱정이 없고 다양한 문화를 향유하며 사는 사람들이 있는가 하면, 전쟁의 공포에서 죽음의 문턱을 하루에도 몇 차례 넘나드는 절박한 환경에 처한 사람들이 있습니다. 지식층이 있는가 하면 자신의 이름도 못 쓰고, 읽지 못하는 문맹자들도 있습니다.

어느 정도 가난한 것도 견딜 수 있고, 못 배운 서러움도 참을 수 있지만 신체적 장애는 정말 견딜 수 없는 불편함이요 아픔입니다. 올 초 통계에 의하면 우리나라 장애우 인구는 전체 인구의 4.59%인 2,148,686명에 달한다고 합니다. 1가구를 5인 가족으로 계산하면 20가구 중 1가구에 장애인 가족이 있는 셈입니다. 존 레논의 노래처럼 장애인들과 자연스럽게 어우러질 수 있는 평화로운 세상을 구축하는 것은 우리의 당면과제가 된 셈입니다.

하지만 장애인들에게 특별한 대우를 해주는 것보다 우리들과 아무 거리낌 없이 어울릴 수 있는 환경을 만들어주는 것이 더욱 중요한 일이라고 생각합니다. 그리고 그것이 문화예술만이 할 수 있는 힘이겠지요.

얼마 전 언론보도에서 불의의 사고로 팔을 잃은 중국의 여성 무용수 마리와 한쪽 다리가 없는 남성 장애인 샤오웨이가 지난 2007년 중국 CCTV 무용 경연대회에서 7,000여명의 비장애인 경쟁자들을 제치고 금상을 수상하면서 중국 10대 이슈 인물로 선정됐다는 보도와 그들의 아름다운 춤 동영상을 뒤늦게 본 적이 있습니다.

그들이 듀엣으로 춤을 추게 된 것은 중국 명문 예술

학교의 촉망받던 프리마돈나 마리가 무용수에게는 사형선고나 마찬가지인 한 쪽 팔을 잃고서도 춤에 대한 열정을 포기하지 않자 생전 춤이라는 걸 접해 본 적이 없던 남자 짜이 샤오웨이에게 함께 춤을 추자고 제안하여 이루어지게 된 것입니다. 서로의 팔이 돼주고, 다리가 돼주는 피나는 연습 끝에 일궈낸 성과입니다. 보도에서 마리가 "우리는 이런 특수한 신체를 가지고 있어서 특수한 아름다움을 나타낼 수 있습니다. 반드시 두 사람이 완성할 수 있는 것입니다."라는 인터뷰를 들을 때의 전율은 아직도 잊을 수 없습니다.

우리나라에서도 지난 10월 16일과 17일 이틀에 걸쳐 '2010장애인문화예술향유사업'의 일환으로 용산문화예술회관과 노원문화예술회관에서 장애1급에서 5급의 척추장애, 뇌병변장애를 가진 8명의 장애인 무용수와 윤덕경 무용단 소속의 전문 무용가 15명이 함께 출연한 창작무용 공연 '하얀 선인장'을 펼쳤습니다. 이 공연은 장애·비장애인이 함께 어우러져 출연한 최초의 한국창작무용으로 윤덕경 교수가 안무와 총예술감독을 맡았는데 피날레와 함께 기립박수가 터져 나왔을 정도로 훌륭한 공연이었습니다.

또 얼마 전에는 우연히 모 국회의원의 출판기념회에

갔다가 매우 유쾌한 공연을 보고 즐거운 마음으로 돌아온 적이 있습니다. 출판기념회가 시작되기 전에 30여 명의 시각장애인 유청소년들로 구성된 브라스 밴드의 흥겨운 연주가 있었습니다. 〈한빛브라스앙상블〉이라는 밴드로 그 국회의원이 후원을 해온 것이 인연이 되어 찬조출연을 하게 되었던가 봅니다.

그들 중 일부는 한눈에 보기에도 시각장애뿐만 아니라 복합적인 장애가 있어 보였지만 연주 실력은 믿기지 않을 정도로 훌륭했습니다. 그들은 앞이 보이지 않기에, 더 풍부한 상상력과 더 훌륭한 음감을 가질 수 있어 아름다운 음악을 만들어 낼 수 있었을지 모르지만, 악보는 물론 자신이 다루는 악기조차 볼 수 없기에 일반인이 생각하는 이상의 힘겨운 연습을 하였을 것이라 짐작이 가더군요. 그들의 연주는 장애를 극복한 드라마이자 감동 그 자체였습니다. 앞으로 이들에게 지속적인 관심과 후원을 해준다면 세계적인 브라스 밴드 연주단으로 발전할 수 있는 가능성이 보이더군요. 또한 그들의 오늘이 있기까지 사랑과 인내로 지도해 준 선생님이 누구인지는 몰라도 그분께 경의의 박수를 보내고 싶습니다.

이제 우리도 선진국 반열에 들어선 만큼 장애우 정책

도 문화향유 기회를 더욱 확대해 주고, 장애우들이 숨겨진 예술적 재능을 발굴하고 개발하고 진흥하는 쪽으로 나아가야 합니다. 이러한 시도가 지속적으로 이루어질 때 장애우들에게 재활과 건강 지킴은 물론 자신에게 잠재되어 있는 예술적 소질을 개발하고, 사회의 건강한 일원으로 살아갈 수 있는 가능성과 자신감을 불러 일으켜 줄 것이라고 굳게 믿습니다. 나아가 정부의 장애우 재활정책 수립에도 상당한 영향을 끼칠 것으로 보입니다.

존 레논의 '이매진(Imagine)'을 들으며 한빛 브라스 밴드의 선율과 마리와 하얀 선인장의 장면이 오버랩되는 밤입니다.

출근길 중랑천을 바라보며

오늘은 하루 종일 뿌연 박무가 도시를 감싸고 있어 햇빛이 힘을 잃고 있습니다. 그래서 그런지 기온도 그리 높이 올라가지 않고 있네요. 게다가 바람도 솔솔 불어 활동하기에는 꽤 쾌적한 날입니다. 좋은 일이 있을 것 같은 오후입니다.

저는 매일 아침 중랑천과 접해 있는 동부간선도로를 따라 출근을 합니다. 중랑천은 도시를 관통하여 흐르고 있는 하천이지만, 서울시가 여러 해 공을 많이 들인 덕분에 오염 하천의 대명사라는 오명을 씻고 이제는 비교적 깨끗한 모습을 갖추게 되었습니다. 그래서 적지 않은 물새들과 철새들이 날아와 놀고, 물고기들도 많아 낚시꾼들을 심심치 않게 볼 수 있어 도심 속의 전원을 느낄 수 있게 되었습니다. 하천 양쪽으로는 시민공원이 조성되어 지친 도시인들에게 자그마한 위안을 주는 하천이 되었습니다.

오늘 아침 출근 길 동부간선도로는 월요일 아침답게 변함없이 많은 차량으로 붐볐지만 도로를 따라 흐르는 중랑천은 어제 밤에 태풍이 지나간 탓인지 더욱 한가롭고 평안해 보였습니다. 물새가 한가롭게 노니는 하천 위로 보이는 하늘은 며칠째 비를 내리던 먹구름이 말끔히 사라지고 더욱 푸르게 보였고 공기도 맑아져 멀리 보이는 산야의 모습도 뚜렷하고 강변을 끼고 서 있는 조형물들도 더욱 선명해 보이더군요.

한쪽에는 도로가 차량으로 몸살을 앓고 있고 그 도로를 끼고 흐르는 강은 평화롭고 한적하였습니다. 이런 상반된 모습을 지켜보다 피식 웃음이 터지더군요. 세상은 음과 양이 어우러져 서로 균형을 이루며 한 몸을 이룬다고 합니다. 가만히 생각해 보면 고개가 끄덕여지는 말입니다.

빛과 그림자,
높고 낮음,
뜨거움과 차가움,
행복과 불행,
기쁨과 슬픔,
영과 욕,

사랑과 미움,

건강함과 병듦,

탄생과 죽음,

이루 열거할 수가 없습니다. 우리가 즐겨 듣는 음악
도 가만히 귀 기울여 보면 선율과 박자가 약과 강, 빠
름과 느림이 서로 호흡하며, 하나의 음악을 만들어 냅
니다. 음과 양이 서로 적절히 호흡하지 못하고, 한쪽으
로 치우칠 때 불협화음을 낳게 되는 것처럼 우리네 삶
도 또한 그렇게 되겠지요. 너무 행복하다 느낄 때, 행복
을 경계하고, 너무 괴롭다 생각할 때, 먹구름에 가려져
보이지 않아도 태양이 빛나고 있음을 헤아려 생각할 줄
아는 지혜와 여유가 필요한 세상입니다.

이제 한 주가 또다시 시작되었습니다. 힘을 내어 열심
히 뛰어 보겠습니다.

순수한 시절에 대한 기억

지나간 일에 대한 추억은 누구에게나 있습니다. 하지만 참 이상하게도 불과 며칠 전의 일인데도 부분적인 것만 남아 있고, 거의 대부분 기억에서 사라진 몇 십 년 전의 추억은 신기하리만큼 또렷이 자리 잡고 있는 경우가 비일비재합니다.

얼마 전에는 평교사 시절 지도하던 애제자 하나가 사무실을 찾아왔습니다. 향기로운 재스민 꽃이 활짝 핀 화분과 영산홍 분재가 심어진 화분과 함께요. 그녀는 전통문화예술 해외 파견 강사로 선발되어 러시아의 벨라루시에 가서 현지인들과 고려인들에게 한국무용을 가르치다 임기를 마치고 얼마 전 귀국하여, 옛 스승인 내가 노원문화회관 관장으로 취임했다는 소식을 듣고 바쁜 시간을 쪼개 직접 축하 인사차 들른 것이라 오랜만에 그녀를 보는 셈입니다.

그녀는 한국무용 전공으로 재학 중에도 나를 잘 따

랐지만 졸업 후에도 늘 자신의 근황을 전해주었고 자신이 힘든 상황에 처해 있을 때는 불쑥불쑥 찾아와 조언을 곧잘 구하곤 하였습니다. 그녀와 오랜만에 만나 대화를 하니 십 년이 훨씬 지났건만 그녀를 가르치던 시절과 당시의 학생들이 영화처럼 또렷하게 머릿속을 스쳐갔습니다.

이제는 교직을 떠났지만, 30년 교직생활 중 초창기 때 제자들의 이름과 그들과의 세세한 기억들은 머릿속에 생생히 자리 잡고 있는데, 이상하게도 10년 안쪽, 그러니까 최근의 제자들에 대한 기억은 가물가물합니다. 아마도 그것은 정신적으로 순수했던 시절에 대한 기억이 오래 뇌리에 남기 때문이 아닌가 합니다. 그래서인지 그때의 제자들이 가끔 소식이라도 전해오면 그렇게 반가울 수가 없습니다. 어제 T—Broad 방송국 대담 프로 녹화 중 〈서울초대석〉의 사회자가 나의 고교시절에 대해 물었을 때도 그 짧은 시간에도 뇌리에 고교시절의 그 수많은 추억들이 참 빠른 속도로 뇌리를 스치고 지나가더군요.

노원문화예술회관 관장직을 시작하면서 하루에도 여러 계층, 여러 직종의 사람들과 만나고 있는데, 며칠 전에 만났던 사람을 다시 만났을 때 그들의 이름은 물론 어디에서, 무슨 일로 만났는가를 잘 기억하지 못해 실수를 범하거나 당황할 때가 많습니다. 늙어가는 걸까요? 아니면 순수하지 못한 삶을 살아서 일까요? 아니면 둘 다일까요? 어쨌든 나이가 들어간다는 것이 서글프다는 생각이 듭니다.

아름다운 이별 준비

지난주 초에 아내가 감기 몸살에 걸려 갖은 고생을 하더니 이내 아들 녀석이 효심(?) 깊게 감기 몸살을 앓고 오늘은 내가 감기 몸살에 걸려 하루 종일 끙끙 앓았습니다. 아침에 병원에 들러 주사도 맞고 약도 처방해 먹고 있지만 호전되기는커녕 점점 증세가 악화돼 갑니다.

그동안의 경험을 비추어 보면 요즘 감기는 아플 만큼 아파서 충분히 대가를 치러야 낫더군요. 아내로부터 감기 몸살이 옮겨온 것은 분명하지만 꼭 그런 것만은 아니라는 생각이 듭니다. 지난주부터 금주까지 내 몸을 막 굴렸던 것이 주원인이었을 것입니다. 몸의 주인이 자신의 몸을 못살게 굴면 몸이 주인에게 복수한다는 말이 정말 명언인 듯싶습니다. 지금 나는 내 자신의 몸으로부터 혹독한 복수를 당하고 있는 중입니다.

나이가 들면서 한 번 아플 때마다 나의 마지막 순간

을 생각하게 됩니다. 죽음은 삶의 마지막 통과의례이자 누구에게나 평등하게 찾아옵니다. 하지만 사람들은 누구나 죽는다는 것을 알면서도 대부분 영원히 살 것처럼 아등바등하며 일상에 집착을 하며 살지요. 저 또한 그런 사람 중에 하나입니다.

언젠가 그러한 순간이 찾아오리라는 것을 알면서도 이 세상과 인연의 끈을 놓아야 한다는 사실을 인정하고 싶지 않습니다. 죽음이라는 것을 떠올리면 두렵고 외롭다는 생각이 듭니다. 죽음도 두려운 일이지만 불치의 병에 걸려 병마에 시달리며 가족들에게 피해를 주고 혹은 가족들에게까지 버림받고 기약 없이 죽음을 기다리게 되는 상황이 나에게 오지 않을까 하는 두려움이 더욱 큽니다.

요즘에는 '웰빙'이라는 말이 세간의 화두입니다. '웰빙'의 마지막 과정은 '웰다잉'이 되겠지요. 두려움 없이, 정신적, 육체적 고통 없이, 담담하고 평화롭게 죽음을 맞이하고픈 것은 모든 이들의 소망이겠지요.

그러한 경지에 이르기 위해서는 상당한 준비와 수신과 수심이 필요할 것이라 생각됩니다. 얼마 전 호스피스 시설을 갖춘 병동 운영과 죽음에 직면한 환자 및 가족을 방문하여 전문적 상담 활동을 해온 '마리아의 작은 자매회'가 체험을 묶어 책으로 펴낸 '죽이는 수녀들의 이야기'를 접하게 되었습니다. 그 책을 읽으면서 죽음에 대한 지금껏 가졌던 나의 시각이 문제가 있었음을 느꼈습니다.

죽음도 삶의 한 과정이라는 것을 인정하고 언제 찾아올지 모르는 죽음을 대비하여 제 자신의 모든 것과 화해하고 함께 살아가고 있는 이들과 화해하고 언제라도 훌훌 떠날 수 있는 '아름다운 이별'을 준비해야겠지요.

김승국, 그 결벽한 고독의 시 세계

| 박종명_시인 |

너무나 뜻밖의 제의였다. 평소 올곧은 문화예술인으로 존경하던 선생님으로부터 일천하기 짝이 없는 새내기 시인인 후학이 선생의 시집에 들어갈 시해설을 부탁받는 감히 꿈도 꾸지 못할 일이 닥친 것이다. 몇 번 사양했지만 그때마다 거듭 완강하셔서 채 자세를 잡기도 전에 그만 그러겠노라 수락하고 말았다.

김승국 선생님의 이름을 부르면 우선 '知音'이 그 어느 것보다 먼저 떠오른다. 선생님과의 인연은 우리 문화예술에 대한 자존감과 사제동행하는 교사로서의 존경심에서 시작되었다. 후학이 몸담고 있는 예일여자중학교 제자들 중 음악에 소질 있는 몇몇을 선생님이 재직하셨던 서울국악예술고등학교에 진학시키면서 선생님의 특별한 제자 사랑과 문화 사랑을 느낄 수 있었다. 선생님은 아끼시는 모든 것에 몸을 사려 돌아앉지 않으셨

다. 후학이 바라보고 걷고 싶은 길을 성큼성큼 걸어나
가시는 모습에 부러움과 함께 존경심이 일었다. 그렇게
바라본 세월이 스무 해가 넘었다.

　김승국 선생님이 건네준 시편들을 꼼꼼히 읽다가 눈
길이 멎는 몇 작품을 추리고 나름대로 선생님의 시에
대해서 소견을 붙이려고 한다. 혹 서툰 말들이 귀한 작
품에 흠집을 내지 않을지 걱정이 크지만 용기를 낸다.
나에게 시를 일깨워준 시인 김재천 선생님은 랭보의 말
을 빌려서 시인은 끊임없이 무엇을 보는 자라고 하셨다.
고독한 見者, 그랬다. 기쁨 뒤의 그 무엇, 슬픔 뒤의 그
무엇, 사물의 지니고 있는 본질 뒤의 그 무엇을 보고 본
그대로를 온전히 그려내는 것이 詩다. 그렇기 때문에 제
대로 된 시 한편 쓰기가 어려운 일인 것이다. 그러면서
가져다 쓰는 언어가 펄펄 살아 있으면서 끊임없이 의미
망을 넓히도록 만들기가 여간 고단한 작업이 아닐 수
없다.

　밤 열한 시 오십구 분의 거리엔
　쓰레기 같은 말들이 나뒹굴고
　비린내 나는 바람이

흐느끼며 부벼댄다.

방에 있는 나의 바다에

그는 묶여진 손목처럼

흐느끼면서

내벽(內壁)으로 부딪혀와

불만의 비늘을

푸른 녹으로 털어버린다

어제도 그제도 계속되는

홀로의 노동.

내 방의 그는 항상 허전하다.

나는 긴 복도처럼

허전한 그가 좋다.

허나 그는 믿을 수 없다.

그는 보석만큼 투명하다가

이따금

그믐달처럼 사라져 버린다.

─ 「청동어(靑銅魚)」 전문

　밤 열한 시 오십구 분이라는 시각을 설정하는 것부터
가 심상하지 않다. 심상하지 않은 것은 읽는 이들을 단

박에 긴장으로 끌고 들어가는 힘이 크고 또한 다음에 제시될 그 어떤 것들이 결코 만만하지 않다는 것을 예고하고 있기 때문이다. 시인 김승국은 지금 어디에 서 있는 것일까? 그는 교실 낭하 끝에서 추녀에 매달린 청동어를 바라보면서 바람과 자기 영역 밖의 시시콜콜한 말들을 듣다가 홀연 청동어의 흔들림이 푸른 녹을 터는 노동임을 깨닫는다. 내벽으로 와 부딪는 그 신성한 노동은 그러나 곧 스러지는 그믐달을 따라서 사라질 것이지만 그것이 다시 초생으로 살아날 것이라는 점을 내포함으로써 굴곡진 인생의 긴 여정을 의미 있게 함축시키고 있다.

수정별 맑은 꿈을
가슴속에 품고서
풋사랑에 가슴 설레고
어둠을 탐할 줄 모르던
이부머리 머슴아

축축하게 살라 하시던
헐렁바지 선생님의 모습이
교단 위에 아른거리는

방과 후.

누구든 와 머물 수 있고

스스로 떠나갈 수 있도록

기다려 주는 빈 교실이

스승이다.

텅 빈 교실에

땀 절은

내가 앉아 있다.

– 「교실–스승의 날 방과 후」 전문

누구든 교단에 서보지 않고는 도무지 꺼낼 수도 느낄 수도 없는 분위기가 날 이미지로 고스란히 드러나 있다. 누구든 와 머물 수 있고 스스로 떠날 수 있는 그 분망한 출입이 바로 스승이라는 절정의 감각이 명징하게 박혀있는 시, 그 시의 모서리에 걸터앉은 땀 절은 시인의 모습이 겹쳐지면서 아름답게 울린다.

바다 속으로 익사한 고대 도시

창백한 피부를 드러낸 채

잿빛 숨을

327

가쁘게 토해내고 있다.

내 귀여운 자식과

사랑하는 모든 이들을

삼킨 채

징그러운 눈빛을 보내고 있는

회색빛 괴물.

우리는 모두 엄청난 음모 속에

빠져있는지 모른다.

안타깝게 깜박이고 있는

적색경보.

그러나 우리는 볼 수 없다.

우리는 모두 失明하였다.

- 「서울」 전문

무엇일까? 무엇이 서울을 익사시킨 것일까? 그러나 시인은 그 원인을 굳이 캐내려 하지 않는다. 다만 어떤 거대한 음모일 것이라는 점만 슬쩍 비칠 따름이다. 익사한 서울, 그리고 익사한 사람들, 그렇다. 시인은 지금 어쩌면 자신의 내면을 익사시키고 싶은 것인지 모른다.

눈을 감고 동공을 들락거리는 빛을 차단시키면 그것이
곧 失明이므로 우리 모두에게 질끈 눈을 감고 무엇이든
지 보지 말라고 한다. 어떤 부정의 고래가 시인을 삼켰
고 그 저항할 수 없는 굴복에 맞서서 경광등을 쉬지 않
고 깜박거리는 수고를 느끼게 만드는 은근한 절편(截片)
이다.

> 내 마음 어지럽게 가르는 비
> 마모된 민둥성이 얼굴이
> 비에 젖고 있다.
>
> 폐허 속
> 나는 내 밖에 서 있고
> 그 나는 또 그 밖에 서 있다.
>
> 역마살이 꼈나 보다.

−「역마살」 전문

얼마나 많은 상념들이 왔다 가서 그만 얼굴이 민둥산
이 될 정도로 마모가 되었을까? 그 내려앉은 얼굴이 내
면을 들락거린다. 부단하게 오고가는 그것을 시인은 역

마살이라고 거두절미하고 있다. 번잡하지 않게 시인 자신의 삶이 그러하다고 내비침으로써 어쩌면 우리들 모두의 삶이 또한 그러하리라는 것을 은유하고 있는 것이다. 어떻게 보면 우리를 살게 만드는 것은 보이는 것이 아니라 보이지 않는 것이 더 크게 작용하고 있는 것인지 모른다. 보이는 것과 보이지 않는 것의 왕래는 그러므로 삶의 본질을 추구하는 본능이다. 시인은 비가 내리는 젖은 날, 경계를 풀고 주변을 폐허로 만들어서 비로소 그 앙금을 낚아 올리고 있다. 그야말로 고독한 존재다.

우리는 모두 차갑게 냉각된 마네킹

뚜— 日常을 여는 신호가 울리면

우리에겐 하나 둘 번호가 매겨지고

하루도 쉬지 않고 위축되어 온

너와 나의 몸뚱이가

철근과 시멘트 사이에

나사처럼 박히어 돌아간다.

우리는 점점 위독해진다.

서로의 가슴을 열고

꽃 같은 서로의 눈물을 심어주어야 한다고

문득 생각될 때면

내가 걷고 있는 日常의 복도에

문이 닫힌다.

속절없이 차단되는 주위.

안으로 안으로

밀폐된 깊은 곳에서

나의 소리는 묵살된다.

―「주위 I」 전문

마네킹에는 맥박이 없다. 마네킹에는 피가 돌지 않으므로 생각도 없다. 그 무뇌의 존재들에게 누군가가 번호를 매기고 도시의 시멘트에다 대고 나사처럼 돌려 박고 있다. 그것을 직시한 시인은 위기를 감지하고 해법을 고민하다가 눈물밖에 없다는 것을 깨닫고는 절망한다. 눈물은 체액이며 수액이며 절을 대로 절은 맨 마지막 호소다. 무엇에 갇힌다는 것은 밀폐다. 밀폐된 공간은 이미 공간이 아님을 시인은 너무나 잘 알고 있는 것이다. 그 밀폐된 공간에서의 탈출을 간절하게 원하지만 아무도 시인의 소리에 귀를 기울이지 않는다. 그래서 귀가 먼 우리는 모두 어쩔 수 없이 마네킹이다. 가슴에 눈물을 심어야 눈물이 날 것이며 눈물이 나야 피가 돌 것

331

이며 쌩쌩 피가 돌아야 사랑을 할 것인데도 그 외침을
듣지 않는 것과 묵살되는 것에 조바심을 치다가 시인은
日常의 견고함에 부딪치고는 다시 절망한다. 그 절대불
변의 완고한 日常, 아무리 그래도 시인은 내일 또 목청
을 높일 것이라고 주위에 대자보를 붙이고 있다.

　시인 김재천 선생님은 어느 강연에서 詩는 자기의 감
정을 읊는 것이 아니라 사물에서 감성을 꺼내고 그것
을 가장 서정적인 우리말로 귀화시키는 것이라고 하셨
다. 그러기 위해서 시인이 할 수 있는 최상의 일은 존재
하는 것들의 존엄함을 알고 이해하려는 시정신으로 철
저하게 무장하고 나서 섬세해질 데까지 섬세해지는 것
임을 강조하면서 무엇보다도 그런 것에 간절하라고 당
부하셨다. 도대체 간절하지 않고서 어떻게 시를 쓸 수
있을까? 시인 김승국 선생님이 간절하게 추구하는 시세
계는 무엇인가? 그는 차단된 도시의 일상에서 줄곧 절
망하지만 포기하지 않고 새로운 길을 걸어나간다. 마치
그가 우리 전통문화와 후학을 위해 바쳐온 일념처럼.

　순수는 시대를 맑게 한다. 그리고 사람을 맑게 한다.
마찬가지로 현실을 긍정적이게 한다. 김승국 시인은 분

명 순수의 확장을 자연과의 동화(同化)를 통해 얻는 듯
하다. 그렇다고 조선조 선비들이 구가한 강호가도(江湖
歌道)는 아니다. 추상화된 자연이 아닌 나와 현실이란
고민에서 출발하며 자연과 나를 부단히 현실에서 일체
화하려는 노력을 통해 이루어진다. 자연과 내가 현실적
으로 하나가 되며 순수의 시심(詩心)을 얻는 것이다.

　시인 김승국은 전통문화예술인 김승국의 고독을 대
변하듯 정직하다. 아니 너무 투명하다. 맑고 깨끗하다.
시인 김승국의 보물들에 붙이는 해설로는 많이 부족한
이 글이 작디작은 신호등으로 명멸하기를 바라면서, 헌
사(獻辭)를 갈음한다.

원고지는 바랬어도 잉크빛은 여전히 파랗네

김승국 형과 나는 같이 양정고등학교를 다녔다. 내가 그를 처음 만난 것은 양정고등학교 문예반에서였다. 그 시절이 60년대 중반이었으니 우리가 알게 된 햇수만도 어언 45년이 넘는 연륜이 흘렀다. 당시 그는 인천에서 서울의 만리동까지 기차 통학을 하던 문학 소년이었다. 지금의 모습에서도 찾아볼 수 있지만 소년처럼 해맑은 미소와 순수한 눈빛의 마음이 살아있었다. 문예반 시절 가장 열성적으로 시를 쓰고 교지편집과 교내 문학행사를 도운 후배가 김승국 형이었다. 매년 목월 선생을 모시고 개최한 '월계문학의 밤'에서 그는 목월 선생의 칭찬을 들었다. 까까머리 어린 시절이지만 무엇보다 그에게는 열정이 살아 있었다. 그 열정이 그의 삶을 오늘에까지 이끌고 왔다고 믿고 있다. 지금에야 2년의 나이 차가 아무것도 아니지만 고교시절 때 2년 선배였던 나는 문예반장으로서 그의 재능을 무척이나 아꼈다. 당시 양정문예반은 한 달에 1회씩 반원들이 모여 시를 읽고 합평하는 모임을 자체적으로 가졌는데 서로 나누어 볼 교재를 만들기 위해 내가 가리방으로 시를 긁으면 승국 형은 옆에서 밤늦도록 등사판으로 밀었던 추억이 새롭다.

그 후 내가 시에 미쳐 목월 문하로 들어가 시단에 등단하고 군대를 마치고 돌아왔을 때 어엿한 사회인으로 성장해 있는 그를 만났다. 그게 어느 해인지 기억할 수는 없으나 그는 기상청에 근무하고 있었다. 그는 직장과 시 사이에서 시를 목말라하고 있었다. 80년대 초 나는 내가 편집장으로 근무하던 예술종합지 『공간』으로 데려와 같이 근무했다. 공간사는 건축가 김수근 선생이 만든, 소위 '아트 무브먼트'의 메카였다. '공간'은 소극장이 있고 미술관을 운영하며 건축 무용 연극 전통음악을 매월 예술인들에게 선보이며 '아트 인스티튜드'의 기능을 하고 있었다. 영광 갯벌에서 꼬막을 따던 촌부 공옥진 여사를 발굴해 '병신춤' 공연을 선보였고, 김덕수 '사물놀이'가 처음 시작된 곳이었다. 김승국 형이 바로 이 공간사에서 근무하며 한국전통예술에 깊이 눈을 뜨게 된 계기가 되었다면 과언일까. 그가 그 후 국악예술고등학교로 직장을 옮긴 것도 그러한 연유 때문이었다고 생각한다. 그는 그곳에서 교감직을 맡아 근면하게 봉직하지만 학생들을 지도한 것만이 아니라 이에 만족하지 않고 문화재, 국악, 민속공연 등등 그 자신의 공부를 해나갔다.

이번 시상집 『쿠시나가르의 밤』도 그의 문학에 대한 순수함과 국악을 비롯한 전통문화에 대한 애정이 함께 결집된 성과다. 그는 시로 문학에 대한 애정을, 산문으로 삶에 대한 열정을 표현하고 있다. 노원문화회관 관장의 소임을 다하면서 여러 기획을 하고 서울시와 문화재청의 문화재 전문위원으로 다양한 활동을 하면서도, 어느 틈에 삶을 기록하고 시를 쓰고 주위의 많은 사람들을 배려하는 그의 근면하고 성실한 삶을 볼 때, 그의 부단한 노력과 삶에 대한 열정에 찬사를 보낼 수밖에 없는 것이다.

한 줄로 요약되는 삶이란 없다.

나는 김승국 형을 볼 때마다 이런 생각을 한다.

그의 삶은 '열정으로 일구어낸 삶'이라고.

그 옛날 45년 전 우리 둘이 맞고 다녔던 만리동 언덕길의 눈과 여름날의 소나기……

승국이, 우리가 옛날에 크라운 잉크에 펜촉을 찍어가며 시를 쓰던 원고지는 담뱃진처럼 누렇게 색이 변해버렸네만 꼭꼭 눌러 쓴 시는 잉크빛 가을하늘보다 더 파랗네그려.

─조정권(시인, 경희사이버대학교 교수)